Zante

Chris Peregrin

Bibliografische Information der Deutschen Nationalbibliothek:
Die Deutsche Nationalbibliothek verzeichnet diese Publikation
in der Deutschen Nationalbibliografie; detaillierte
bibliografische
Daten sind im Internet über dnb.dnb.de abrufbar.

Herstellung und Verlag: BoD – Books on Demand, Norderstedt

ISBN: 9783751984188

It's summer and memories are just waiting to happen.

Ξύπνα, μικρό μου, κι άκουσε κάποιο μινόρε της αυγής

❊ ❊ ❊

Xipna, mikro mou, ki akouse kapio minore tis avgis

❊ ❊ ❊

Wach auf, meine Kleine, und höre den Moll-Klang des Sonnenaufganges

EINS

»Frau Isabel Ange bitte zum Ausgang D11. Letzter Aufruf zum Boarding.«

Fluchend beschleunigte Isa ihre Schritte. Obwohl Österreicherin, war sie ein Fan der sogenannten deutschen Pünktlichkeit. Aber der Taxifahrer hatte keinen Stau ausgelassen, sondern geradezu danach gesucht. Dazu noch die Schlange beim Check-In – als ob halb Wien sich genau heute überlegt hatte, kollektiv in den Urlaub zu fahren.

»Shit, shit, shit …« Ihr Rucksack hüpfte auf und ab, als sie in eine Art Galopp verfiel. Sie würde sich in den A … llerwertesten beißen, wenn sie diesen Flug verpasste. Und dem Taxifahrer einen Stein gegen den Kotflügel treten. Aber, nein, nicht nötig. D11, da war es. Keuchend trat sie zum Schalter.

»Ich bin da. Isabel Ange. Bitte entschuldigen Sie.« Die Frau an der Kontrolle verzog keine Miene – noch nicht einmal ihre makellos gezupften Augenbrauen zuckten. Dafür gab es auch kein aufgemaltes Lächeln.

Sie hielt ihre Bordkarte über den Scanner, schlüpfte durch die Schranke und eilte zum Eingang des Flugzeugs. Hier waren dafür Augenbrauen und Lächeln voll in ihrem Element.

»Verzeihung«, sagte Isa noch einmal. Warum, wusste sie selber nicht. Sie war weder die Erste, noch würde sie die Letzte sein, die beim Boarding zu spät kam. Wohl fühlte sie sich damit trotzdem nicht.

Etwas weniger darüber nachdenken, was die anderen denken, sagte sie sich selber, als zwei Personen aufstehen mussten, damit sie ihren Fensterplatz erreichte. Mal nicht zu funktionieren, oder auch mal sich selber an die erste Stelle zu setzen, auch mal zur Last zu fallen – das war kein Egoismus. Das war einfach *Sein*. Man musste es nicht immer den anderen leicht machen, schon gar nicht, wenn man dabei auf Dauer selber auf der Strecke blieb. Ihr Vorsatz für diesen Sommer. Und auch schon ein bis zwei Sommer davor. Langsam nährt sich das Eichhörnchen.

»This is your captain speaking. Welcome on Board of Flight 7764 to Zakynthos, Greece. We kindly ask you to fasten your seatbelt and put your seats in the upright position. While we approach our starting point, our crew will inform you about the security on board. We expect take off in about five minutes.«

Isa lehnte den Kopf gegen die Rückenlehne und atmete tief aus. Sie hatte es geschafft. Sie saß, war angeschnallt, der Flieger war kurz davor, das Festland zu verlassen und wenn sich nicht Gott und die Welt ganz gegen sie verschworen hatten, würde sie in knapp zwei Stunden warme, salzige Meerluft einatmen. Und endlich, während der Flieger abhob und den Himmel erklomm, fühlte sie, wie sich die ganze Anspannung der letzten Wochen legte. *Her mit dem guten Leben.*

„Mir fällt die Decke auf den Kopf", hatte sie vor einigen Wochen einer Freundin geschrieben. „Es gibt so Phasen im Leben, wo einem nichts mehr zu einfällt. Wenn ich könnte, würde ich sofort die Zelte abbrechen."

Die Antwort kam postwendend.

„Ich habe ein einmaliges Angebot für dich. Du kannst bei uns anheuern. Zakynthos, Griechenland. Mehrere Fliegen mit einer Klappe. Sonne, Meer, Tapetenwechsel, wir haben uns zu lange nicht gesehen, ich kann dir meinen griechischen Verlobten vorstellen, du kannst hier bisschen aushelfen, dafür stellen wir dir Kost und Logis. Und vielleicht fällt dir danach etwas ein. Auf jeden Fall beginnt danach eine neue Phase, das kann ich dir versprechen. Diese Insel verändert dich, ob du das willst oder nicht. Und fast immer zum Guten. Sieben auf einen Streich. Was sagst du? Greif schon zu! *Zwinkersmiley*.“

Und sie hatte nicht einen Moment gezögert. Es gab nichts zu verlieren.

Sie musste weggedöst sein. Erst die Stimme des Kapitäns riss sie aus ihrem Schlummer. »Prepare for landing. Again, please fasten your seatbelts. The Mediterranean Sea awaits.«

Isa blickte aus dem Fenster. Und da lag das Mittelmeer wie ein blauer Teppich unter ihr. Und die felsige Küste der Insel schien schon fast zum Greifen nah. Sie spürte, wie sich ein breites

Grinsen auf ihrem Gesicht ausbreitete. Oh, der letzte Urlaub war verdammt lange her. So lange, dass sie beschloss, auch das in Zukunft zu ändern. Einmal pro Jahr musste drin sein, egal wie beschäftigt sie auch war. Das leichte Rumpeln des Flugzeugs bei der Landung untermauerte ihren Entschluss wie ein kleiner Salutschuss.

Myriel erwartete sie schon am Eingang. »Herzlich willkommen auf Zante. Schön, dass du da bist.«

Die Umarmung tat gut. So wie die salzige Luft, die ihr beim Verlassen des Flughafengebäudes entgegenschlug.

»Das ist ja herrlich warm hier.«

Myriel lachte. »Ich hab's schon gelesen. Österreich hat die letzten Wochen wieder mit viel Regen aufgewartet. Hier gibt es davon eher zu wenig. Im letzten Jahr hat ein Waldstück nicht weit von unserem Haus gebrannt. Ist keine Seltenheit hier.«

Isa fischte ihre Sonnenbrille aus dem Rucksack, bevor sie die große Tasche in den Kofferraum wuchtete. »Der Sommer kann kommen, ich bin bereit. Sein Feuer soll er dieses Jahr ruhig bei mir abladen.«

Myriel setzte sich hinters Steuer. »Ich hoffe, dein Griechisch ist nicht allzu eingerostet. Denn als ich schrieb, du kannst ein bisschen aushelfen, habe ich maßlos untertrieben. Uns ist eine Mitarbeiterin ausgefallen, eine weitere hat zum Ende der Woche gekündigt. Es gibt genug zu tun.«

»Hast du mir da eine Mogelpackung untergeschoben, Myriel?«

Die Freundin lachte. »Ja und nein. Ich habe mit Spyros gesprochen. Es wäre fabelhaft, wenn du uns morgen Abend an der Bar unten am Strand aushelfen könntest. Und wenn du dich etwas an der Rezeption einschulen lässt. Wir suchen schon nach einer neuen Mitarbeiterin, aber eventuell könnte es nächste Woche etwas eng werden. Und es kommt eine fast komplett neue Belegung an Touristen …«

Isa unterbrach sie. »Ist schon in Ordnung. Ich bin hier, um zu helfen. Ich denke, eine gute Mischung von Arbeit und Sonne und Meer wird mir guttun. Also, wo fangen wir an?«

»So eilig ist es nun auch nicht.« Myriel legte kurz eine Hand auf Isas Bein. »Heute kommst du erstmal in aller Ruhe an. Ich zeig dir dein Zimmer, und dann haust du dich ganz entspannt in einen Liegestuhl. Heute Abend stelle ich dir meinen Griechen vor. Und morgen alles weitere. Okay?«

»Klingt nach einem perfekten Plan.« Isa setzte ihre Sonnenbrille auf und lehnte den Arm aus dem Fenster. »Dann mal los.«

ZWEI

Griechischer Wein. Sobald dieser Ausdruck fiel, hörte man in seinem Kopf fast automatisch den Klassiker von Udo Jürgens. Isa schmunzelte, bevor sie den ersten Schluck nahm. Erfrischend, der Geschmack von Urlaub.

… und ich fühl die Sehnsucht wieder … Den Rest der Zeile verbannte sie aus ihrem Hirn. Sie hatte gewiss nicht vor, sich hier fremd und allein zu fühlen. Heute war ein guter Tag, um den Rest ihres Lebens neu zu beginnen. Das Meer hatte den Gestank der Stadt und der Reise von ihrem Körper gespült, sie neu getauft. Die Sonne das Gehirn herrlich leer gebrannt. Morgen würde sie als Mädchen für alles anheuern. Heute gehörte ihr ganz allein.

Sie blickte von ihrem Liegestuhl über das Meer. Niemand

konnte so kitschig sein, wie die Natur selber. Die Abendsonne lieh ihre Farbe dem Meer, während sie sich aufmachte, den Horizont zu küssen. Goldrot mischte sich mit Azurblau, bevor die ankommende Dunkelheit sich wie ein Schleier über ein Gemälde legte.

»Und? Schon etwas angekommen?« Myriel und Spyros machten es sich in den Liegestühlen neben ihr bequem.

»Oh ja. Die Insel macht es einem fast zu leicht. Ihr lebt wirklich im Paradies.«

»Das stimmt. In einem Paradies mit viel Arbeit. Aber das ist Jammern auf hohem Niveau. Ich würde es gerade nicht gegen die Theaterwelt eintauschen.«

»Ganz ehrlich, Myriel? Ich auch nicht. Wenn ich mir das hier so anschaue. Was sollte man vermissen? Die stinkenden Probenkostüme? Den Bühnenstaub? Den Lohn aus Kleingeld?« Sie übertrieb – natürlich liebte sie ihren Beruf, genauso wie Myriel. Sie beide würden sonst niemals das oft sehr mühsame Drumherum und die wirklich unterdurchschnittliche Bezahlung in Kauf nehmen. Aber es tat gerade gut, einfach mal ein bisschen abzuladen.

»How's the wine?« Spyros war der perfekte Gastgeber. Einige Jahre älter als Myriel, aber Isa hatte sofort verstanden, was diese an ihm liebte. Dieser ganze Mensch strahlte eine Wärme und Herzlichkeit aus, die man nicht oft fand.

»Perfect. Und auch das Essen war einfach eine Wucht.« Das abendliche Buffet war einfach gehalten worden, ohne große Auswahl, die überforderte. Dafür war es hausgemacht, und hatte himmlisch geschmeckt.

»Then I am happy.«

»Oh, ask me.« Isa zwinkerte dem Griechen zu, und sein Strahlen wuchs. Auch Myriel lächelte, und als ihr Lächeln auf Spyros traf, erwärmte es sich ansatzlos. Oh ja, die zwei hatten sich gefunden. Aber Isa hatte Meer, Sonne und griechischen Wein – es störte sie gerade nicht im Geringsten, dass sie Single war. Man konnte zwar nicht alles alleine machen – aber Griechenland gehörte sicher nicht dazu.

Myriel hob den Arm und deutete auf das bereits vom

Abendlicht dunkel gefärbte Meer. »Das da drüben ist übrigens Marathonissi, die Schildkröteninsel. Wir fahren zweimal die Woche mit Gästen hinaus, um dort Müll zu sammeln. Sie ist nicht nur Nistplatz der Caretta Caretta, sondern auch ein beliebtes Ausflugsziel. Wärter passen auf, und auch die meisten Touristen nehmen Rücksicht − aber Ausreißer gibt es überall. Vielleicht magst du ja mal mitkommen und helfen?«

»Ich bestehe geradezu darauf. Der erste Termin, der möglich ist, den nehme ich. Und jeden weiteren, bei dem ihr Hilfe braucht. Ich bin großer Schildi-Freund.«

»Gut, dann buche ich dich für Dienstag ein. Freitag ist, soweit ich weiß, das Boot schon voll. Morgen Abend brauchen wir dich, wie schon angekündigt, hinter der Bar. Und Montag Abend auch, wenn es geht. Wir machen zwei Abende die Woche Live-Musik, da ist immer einiges los.«

»Ab morgen stehe ich zur Verfügung. Das war der Deal, und ich halte mich daran.«

»Dann treffen wir uns einfach nach dem Frühstück? Ganz gemütlich, versteht sich. Hier in Griechenland ist alles so lange entspannt wie möglich. Und auch danach.« Myriel grinste.

»Ich weise dich in aller Ruhe bei einem Frappé in die Bar ein, dann wirst du am Abend problemlos werken können.«

»So machen wir das.«

»Prima. Und nun genieß noch deinen ersten Abend hier. Wir werden heimfahren, der Tag war lang genug.«

»Ich glaub es euch. Danke schon einmal für alles.«

»Gerne.« Sie umarmten sich, und die beiden gingen Hand in Hand von dannen.

Isa blickte ihnen lächelnd nach, bevor sie ihren Blick wieder auf das endlose Meer vor sich richtete.

Poseidon schien seinen Frieden mit dieser Insel gemacht zu haben. Das Meer lag ruhig im Mondlicht. Aber der griechische Gott konnte es eigentlich kaum besser erwischt haben. Zwischen Erde, Unterwelt und Ozean den letzteren zum eigenen Reich vermacht zu bekommen, war nun wirklich nicht das Übelste. Wenn der Meeresgott toben wollte, dann verzog er sich wohl weit entfernt von seinem Geburtsland in die Mitte des Meeres, und machte so manchem erfahrenen Seemann Kopfschmerzen.

Allerdings schien Zeus etwas im Clinch mit seinem Heimatland zu sein. Immer wieder erschütterten Erdbeben die griechischen Inseln. 1953 wurden bei einem sehr starken Beben fast alle Ortschaften Zakynthos' wie auch der Nachbarinsel Kefalonia dem Erdboden gleichgemacht. Seither hielt sich der Gott etwas zurück. Er schien wohl begriffen zu haben, dass die Titanenkraft seiner Eltern etwas zu sehr mit ihm durchging, wenn er in Zorn geriet.

Isa grinste. Vielleicht waren es ein paar Schlucke Wein zu viel für den Abend. Sie erhob sich, stellte das leere Glas an der Bar ab und ging durch das dunkle Areal hinauf zu ihrem Zimmer. Als sie in den weißen Laken lag und durch die geöffnete Balkontür das Zirpen der Zikaden hörte, war sie erneut verdammt froh, heute morgen in den Flieger gestiegen zu sein. *Wer die Welt bewegen will, sollte erst sich selbst bewegen.* Sokrates. »Morgen dann, okay, alter Mann?« Sie zog das Laken bis zum Kinn hoch, und spürte noch beim Einschlafen das Grinsen, dass sich einfach nicht mehr von ihren Lippen löste. Und dieser Urlaub fing gerade erst an.

DREI

»Das ist Mar. Sie wird heute Abend mit dir die Bar schmeißen.«

Isa nickte der braunhaarigen Frau freundlich zu und wurde mit einem sehr netten Lächeln bedacht.

»Hi, Isabel.«

»Kalispera.«

»Sie ist eine echt coole Socke, und könnte dir gefallen.« Der Blick von Myriel war eindeutig.

»Spar dir deine Verkupplungskünste für jemand anderen«, zischte Isa ihr grinsend zu, bevor sie sich der Bar zuwandte.

»Okay, dann mach ich mich mal hiermit vertraut.«

»Mit der Bar, oder doch der Frau dahinter?«

Isa blickte ihre Freundin strafend an, und nickte dann zu Mar herüber, die sich ein Lachen verkniff. »Ich habe kein Problem damit, dass du mich outest. Aber diese Dame versteht gerade jedes Wort von dem, was wir sprechen, habe ich Recht?«

»Ja, das tut sie. Und sie ist ebenfalls von deinem Ufer, also alles ganz entspannt.«

»Ich kenne so etwas wie Verlegenheit, im Gegensatz zu dir. Wir kennen uns nicht, sollen miteinander arbeiten und jetzt auch noch vergessen, dass wir Opfer einer Verkupplungsaktion geworden sind? Drei Dinge auf einmal sind nur beim Überraschungsei wirklich gut.«

Myriel versuchte, ihr Grinsen vom Gesicht zu kriegen, aber es war hoffnungslos. »Dann lasse ich euch jetzt mal alleine. Bis später.«

Isa blickte ihr kopfschüttelnd nach, und wandte sich dann schulterzuckend an Mar. »Sorry. Freunde können manchmal wirklich anstrengend sein.«

»Und es hin und wieder zu gut mit einem meinen, ich weiß.« Mar grinste. »Ich habe schon endlose Verkupplungsversuche hinter mir. Also weiß ich, mich dazu zu verhalten. Komm her, und ich erkläre dir mal, wie es heute Abend hier laufen wird.

Und dann mache ich uns noch einen Frappé zu Entspannung –
bevor ich dich mit Haut und Haaren fresse, wie Myriel es von
mir erwartet.«

»Klingt unwiderstehlich.« Isa schüttelte lachend den Kopf.
»Ich verstehe schon, dass du deiner zukünftigen Chefin
Gehorsam schuldest. Allerdings wirst du dann doch heute
Abend alleine werken müssen – als Mahlzeit wäre ich keine
große Hilfe.«

»Stimmt. Unter den Umständen werde ich mir das wohl
nochmal überlegen müssen.«

***

Die kleine Bar füllte sich rasch mit Touristen und
einheimischen Stammgästen. Spyros' Gastfreundschaft sowie
seine Lieder hatten die Macht, Fremde zu Freunden zu
machen, hatte ihr Delia, die Rezeptionistin, heute morgen
anvertraut. Und es schien der Wahrheit zu entsprechen. An
jedem einzelnen der Tische sah sie fröhliche Gesichter, jeder
Neuankömmling wurde mit einem Lächeln, einem

freundschaftlichen Schlag auf die Schulter, oder, bei Damen, mit charmanten Worten willkommen geheißen.

Spyros hatte bereits vor großem Publikum gespielt, war im Fernsehen aufgetreten und hatte jahrelang eine eigene Radioshow.

»Dieser Mann besteht mindestens zur Hälfte aus Musik. Die andere Hälfte ist griechische Leidenschaft. Für Musik.« Myriel hatte auf schon fast einheimische Art dramatisch die Hände in die Luft geworfen. »Er singt unter der Dusche, beim Kochen, beim Autofahren. Sogar beim Einschlafen summt er noch leise vor sich hin. Aber … ich liebe ihn. Und wenn man ihn singen hört, spürt man, wie glücklich er dann ist.«

Isa war gespannt. Und Myriel hatte nicht zu viel versprochen. Als Spyros zur Gitarre griff, wurde sein Gesicht augenblicklich ruhig. Entspannt. Und als er zu singen begann, war seine Stimme warm wie der griechische Wind.

»S'efharisto …«

Isa spürte, wie sie lächelte, während sie die Musik hörte. Wie sie die Gäste aufmerksamer betrachtete, wie eine Ruhe in ihr Platz nahm. Obwohl hinter der Bar viel zu tun war, fühlte sie sich nicht gestresst. Und als sie ein alter Grieche, der sich als Kostas vorstellte, zum Tanzen aufforderte, wusste sie, dass Zakynthos, Griechenland, ihr Herz erobert hatte.

***

Kurze Haare, fast hellblond von Salz und Sonne. Die Haut hingegen golden wie Olivenöl. Sie sah aus wie personifizierter Urlaub, oder wie leibhaftig vom Olymp hinabgestiegen. Isa beobachtete sie einen Moment lang, dann wandte sie sich an Myriel, die sich soeben an die Bar gelehnt hatte.

»Wer ist das dort drüben? Sie sieht nicht wie eine Touristin aus.«

»Das ist Kalypso, die Tochter des zweitgrößten Olivenölproduzenten der Insel. Floros. Ein wirklich gutes Öl, und der Name passt wie die Faust aufs Auge. Floros heißt so viel wie „grün", eigentlich ein Vorname. Und grün ist auch das Olivenöl.«

Und grün wie ihre Augen. Ein verdammt eindrückliches Grün, mit seiner Kühle, einer gewissen Härte, wenn sie ihren Blick auf jemanden heftete. Unter diesen Augen konnte man vergehen – auf die eine, und auch die andere Art. Dessen war Isa sich sicher.

Der Name war bei dieser griechischen Göttin gleich Omen. So mancher der anwesenden Männer sah aus, als träumte er davon, an Odysseus' Statt zu sein, und sich von dieser Schönheit mindestens sieben Jahre auf ihrer Insel festhalten zu lassen. Doch die Frau wich ihren Blicken aus, oder quittierte sie lediglich mit einem milden, kühlen Lächeln – der Art, die sofort klar machte, dass man keine Chancen zu erwarten hatte. Selten hatte Isa eine schönere und unnahbarere Frau gesehen.

»Sie ist ein einsamer Wolf. Das kommt wohl auch daher, dass Geld und Status einen etwas vorsichtig werden lassen. Aber sie hat Zähne, so viel steht fest. Die Marke Floros hat nichts von ihrem Marktwert verloren, nachdem der Prinzipal, also ihr Vater, gestorben ist. Und das ist alleine ihr zu verdanken, denn Konkurrenz gibt es bei Gott genug in Griechenland.«

Je länger Isa sie von der Bar aus beobachtete, desto mehr fiel ihr auf, dass die Fremde doch durchaus Blicke zuwarf. Oder nachwarf. Aber wenn, dann ziemlich eindeutig auf besonders wohlgerundete Körperteile – und ausschließlich auf weibliche. *Interessant.* Sie war jedoch nicht auf der Jagd, zumindest noch nicht. Sie schien zu wissen, dass sie es nicht nötig hatte. Aber sollte ihr die Möglichkeit zum Amüsement vor die Füße fallen, würde sie sicher die Gelegenheit nutzen. Sie sah nicht wie eine Kostverächterin aus.

Doch als der Abend sich dem Ende zuneigte, ging die schöne Fremde alleine, nachdem sie Spyros freundlich, wie alte Bekannte es tun, zugenickt hatte. Entweder sie war nicht fündig geworden, oder Isa hatte sie unterschätzt. Vielleicht hatte ihr ihre Fantasie einen Streich gespielt, und die griechische Göttin hatte zuhause einen Mann und einen Stall voller braungebrannter Kinder. Oder lebte zumindest nicht alleine. Einsamer Wolf, Myriels Worte, sprachen allerdings dagegen. Sie war jedenfalls, ohne es zu planen, auf Kalypsos Insel gelandet. Mal schauen, ob dieser moderne griechische Mythos ihr sein Geheimnis offenbaren würde.

VIER

Die folgenden Tage vergingen wie im Flug, obwohl sie fast hauptsächlich aus süßem Nichtstun bestanden. Und Isa genoss jede Sekunde davon. Das Meer, welches man beim Frühstück von der Terrasse aus sah, war in dieser Bucht wie eine Badewanne mit blauem Wasser. Sie ließ sich treiben, auf dem Rücken liegend, über und unter ihr, und immer mal wieder auch in sich den Himmel spürend. Seit langem hatte sie sich nicht mehr so ruhig und entspannt gefühlt wie hier.

Als Spyros feststellen musste, dass man bei ihr fast jede Rippe einzeln zählen konnte, hatte er sich selber zu ihrem Aufpasser bestellt. Unter zwei Portionen kam sie bei keinem Essen davon. Aber auch ohne seinen wachsamen Blick hätte sie nicht widerstehen können, den Teller ein zweites Mal anzufüllen. Es schmeckte einfach zu gut. Und Meeresluft machte ja bekanntermaßen einen Bärenhunger. Um dennoch nicht ganz die Form zu verlieren, zog sie jeden Morgen joggend eine Runde durch die Olivenhaine, die nahe vom Ufer weit in alle Richtungen verliefen. Unter ihrem dunkelgrünen Laub war die Luft zumindest bis gegen neun Uhr noch angenehm kühl.

Nach Dusche und Frühstück ging es dann in die zweite Einsalzrunde. Blaue Badewanne, Sonnencreme und endlich mal wieder in aller Ruhe ein Buch.

So erholt fand sie sich am nächsten Live-Musik-Abend schon zeitig hinter der Bar ein, um Mar beim Einräumen der Kühlung zu helfen.

»Du hast schon Farbe gekriegt.«

Isa lachte. »Ja, für meine Verhältnisse erstaunlich. Aber die Sonne ist ja auch die einzige Verabredung, die ich derzeit habe.«

»Also gefällt es dir hier?«

»Absolut. Wenn es nach mir ginge, ich würde sofort jeden Sommer hier anheuern.«

»Ich glaube, da hätte keiner was dagegen.« Mar lächelte sie

an. »Du leuchtest fast von innen heraus. Ist schön, jemanden schon nach zwei Tagen so gut erholt zu sehen. Nicht alle finden hier die Ruhe, nach der sie sich sehnen. Und die meisten von denen haben eigentlich gar nichts anderes zu tun, als zu genießen.«

»Ganz ehrlich, Mar? Ich habe es nicht zu hoffen gewagt, dass es mir so derart guttun würde, wie es das tut. Ich war ziemlich im Sand, bevor ich hier ankam …«

»Dann bist du jetzt wohl definitiv am richtigen Ort.« Sie zwinkerte ihr zu und drückte ihr eine Kiste Bier in die Hand. »Tu mal was, bevor du vor innerer Sonne verglühst. Obere Lade links. Aber das weißt du ja schon.«

Leise Gitarrenklänge mischten sich in die Unterhaltungen der Gäste. Spyros hatte auf dem Barhocker Platz genommen und das Mikrofon eingeschaltet. Stamatis setzte sich neben ihn, und seine Mandoline reihte sich in das Lied ein. Und als hätte sie nur auf diese Auftrittsmusik gewartet, bog Kalypso Floros um die Ecke, ließ ihre grünen Augen schweifen und lehnte sich dann ans Ende der Bar. Mit einer lässigen Handbewegung orderte sie bei Mar ein Levante, das zakynthische Bier. Isa versuchte, ihren Blick einzufangen, aber die Augen der Griechin waren schon Richtung Meer gewandert. Dafür suchten andere ihren Blick, um ihre Bestellungen aufzugeben. Und der alte Kostas lauerte schon wieder auf einen Moment, um sie zum Tanz zu entführen. Sie nickte ihm zu. »Später.«

Als alle versorgt waren, und die Musik sich langsam mit dem Alkohol vermischt in süßer Melancholie auf alle Herzen legte, stand plötzlich Myriel neben ihr.

»Spyros möchte, dass du ein Lied singst. Ich hatte gestern erwähnt, dass du Gitarre spielen kannst.« Sie blickte sie entschuldigend an.

»Können ist gnadenlos übertrieben. Ich entlocke ihr nicht allzu mies klingende Töne, aber vor deinem Griechen kann ich mich nur verstecken. Ich weiß also nicht, ob das eine allzu gute Idee …«

»Er kündigt dich bereits an. Ich fürchte, da musst du nun durch. Der Ouzo geht dann aber aufs Haus.«

»Oh Mann …« Sie ergriff die Hand, die Spyros nach ihr ausstreckte und lächelte professionell, während in ihr pure

Nervosität tobte. Sie hatte das letzte Mal als Teenager vor Menschen Gitarre gespielt. Das hier war etwas ganz anderes, als mit einer gut geprobten Rolle vor die Augen der Zuschauer zu treten. Und welches Lied sollte sie nun singen?

Doch als sie sich auf den Stuhl setzte und das warme Holz der Gitarre in ihrer Hand spürte, da wusste sie es. Es gab nur ein Lied, das heute Abend zu singen war. Eine Erinnerung. Ihre Hände fanden die Akkorde wie von selbst, als sie die Augen schloss.

„Nehmt Abschied Brüder schließt den Kreis,
das Leben ist ein Spiel.
Und wer es recht zu spielen weiß,
gelangt ans große Ziel.
Der Himmel wölbt sich übers Land,
Ade, auf Wiedersehn …"

Der letzte Akkord verhallte. Stille. Langsam blickte sie auf und in die Menge. Alle Augen waren auf ihr. Auch die von Kalypso Floros. Das dunkle Grün schien von einem inneren

Feuer erfüllt, und als sich ihre Blicke trafen, umspülte ein leises, kurzes Lächeln die Lippen der Griechin. Dann begann der Applaus. Und die Begeisterungsrufe. »Opa, opa!« Das half Isa, sich von dem Blickkontakt zu lösen und ihre Augen über die versammelte Menge gleiten zu lassen. Sie neigte leicht den Kopf und grinste. Obwohl sie Beifall berufsmäßig gewohnt war – dieses Mal fühlte es sich anders an. Besser. *Intimer.* Die Leute beklatschten ihr ungeschicktes Gitarrenspiel, applaudierten dafür, dass sie, obwohl sicher nur die Hälfte der Anwesenden den Text des Liedes verstanden hatte, einen Moment mit ihnen geteilt hatte. Und von dem alle spürten, dass er ihr etwas bedeutete.

Als sie wieder hinter der Bar stand, traten diverse Menschen an sie heran, um sich zu bedanken. Zwei ältere griechische Herren wollten unbedingt einen Ouzo mit ihr trinken, einige weitere nutzten jede ihrer kleinen Verschnaufpausen, um sie zu einem Tänzchen aufzufordern. Und so war sie nicht mehr ganz nüchtern und ziemlich fertig, als sich gegen zwei Uhr nachts die Strandbar leerte. Kalypso Floros war natürlich verschwunden, ohne dass Isa sie gehen gesehen hatte.

»Du hast heute Abend viele neue Fans dazu gewonnen.« Mar lehnte sich neben sie an die Bar und blickte sie von der Seite an.

»Das stimmt. Aber darauf war ich gar nicht mal aus. Privat brauche ich eigentlich wirklich keinen Applaus.«

»Aber etwas Aufmerksamkeit?«

»Schadet nie, oder?«

»Hm …«

Und plötzlich war Mars Gesicht ganz nahe an ihrem. Der unerwartete Kuss war sanft und fast schüchtern, und dauerte nur einen Augenblick.

»Ich weiß, dass deine Augen auf einer anderen Frau liegen. Aber ich wollte es dennoch nicht verpassen.« Mar zwinkerte ihr zu. »Wir Griechen sind zu leidenschaftlich, um etwas anbrennen zu lassen. Aber keine Sorge, es bleibt unser Geheimnis.«

»Okay …« Für einen Moment war Isa etwas sprachlos. Sie fühlte sich ertappt und trotzdem auf nicht unangenehme Art überrumpelt. »Also bin ich ziemlich durchschaubar?«

»Kalypso Floros zieht viele Blicke auf sich – es hätte mich

gewundert, wenn deiner nicht dazu gehören würde. Aber sie war die erste, deren Augen du gesucht hast, nach deinem Lied. Das hat dich verraten. Du findest sie nicht nur schön und faszinierend, so wie viele. Du hast dir in den Kopf gesetzt, sie kennenzulernen.«

Isa fiel nicht mehr dazu ein, als zu nicken. »Dein Kuss war trotzdem sehr schön.«

»Danke. Deiner auch. Aber dabei belassen wir es für den Moment. Du tust, was du tun musst. Und wenn wir sollen, knüpfen wir hier wieder an, okay?«

»Das klingt gut.«

»Und jetzt entlasse ich dich. Kalinichta, Isabel.«

»Kalon Ypno, Mar. Bis morgen.«

FÜNF

Kurz vor fünf. Um halb sechs würde das kleine Boot Richtung Marathonisi aufbrechen. Isa klaubte ihre Badesachen zusammen, und lief hinauf ins Zimmer, um sich zumindest für einen Moment das Salz von der Haut zu waschen, und in frische Kleidung zu schlüpfen. Der Bikini blieb anstatt Unterwäsche – sie würde es sich nicht nehmen lassen, vor Sonnenuntergang noch einmal ins Meer zu springen. Myriel hatte gesagt, dass der Strand auf der Schildkröteninsel wunderschön war, und das Meer tiefer als hier bei dem Hotel.

  Als sie etwas später hinunter zum Wasser ging, hatten sich schon einige Menschen rum um Spyros' Boot versammelt. Zu ihrem Erstaunen erblickte Isa einen vertrauten, blonden Schopf unter ihnen. Kalypso Floros. In ihre Verwunderung mischte sich eine kleine Freude, die schöne Fremde wieder zu sehen.

Der Kapitän war schon an Bord des kleinen, aber windschnittigen „Stagmar" Bootes, und Myriel watete bewaffnet mit Keschern und Müllbeuteln darauf zu. Isa schloss wasserspritzend zu ihr auf und half ihr, die Sachen im Boot zu verstauen. Dabei deutete sie mit dem Kopf in Richtung der sechs Personen, die sich nun ebenfalls dem Boot näherten.

»Was macht denn eine waschechte Zakynthin zwischen den Touristen?«

Myriel und Spyros blickten ebenfalls etwas erstaunt auf die Griechin. »Das ist eine Premiere. Normalerweise hält sich die Dame sehr bedeckt.«

Spyros flüsterte Myriel grinsend etwas ins Ohr, und sie verbesserte sich lachend.

»Sehr bedeckt, sofern sie nicht auf Jagd ist. Entweder, sie hat jemanden im Auge, oder Lust auf eine gute Tat.« Myriel zuckte die Achseln. »Nun, wir werden es wohl herausfinden.«

Isa bemerkte, dass Spyros ihr von der Seite einen etwas seltsamen Blick zuwarf, und dann Myriel zunickte. Hatten die beiden etwa sie im Verdacht?

»Hey. Keine weitere Verkupplungsaktion, Myriel. Gestern Abend hat gereicht. Unterstellen wir der Olivenöl-Regentin doch einfach mal Lust darauf, etwas Gutes zu tun.«

Myriel hob abwehrend die Hände, grinste dabei aber von einem Ohr zum anderen. »Alles klar. Wir sind heute Abend alle nur hier, um Marathonisi vom Müll zu säubern. Ohne Hintergedanken.«

Spyros erhob sich, um die Ankommenden zu begrüssen. Kalypso Floros wurde von ihm mit einem eigenen Kopfnicken bedacht, das sie leise lächelnd erwiderte.

»Kalispera und herzlich Willkommen bei unserer Cleaning-Marathonisi-Aktion. Schön, dass Sie alle dabei sind und helfen wollen. Und da man Nützliches immer mit Angenehmem verbinden soll, beginnen wir mit einer Rundfahrt um die Insel. Vielleicht sehen wir dabei ein paar Schildkröten. Sollten Sie im Meer treibenden Müll entdecken, bitte greifen Sie sich einfach einen der Kescher. Dann fahren wir an den Hauptstrand, der tagsüber von vielen Touristen bevölkert wird. Sie nehmen zum Glück großteils Rücksicht auf die abgezäunten Gelege der

Caretta Caretta, aber weniger Rücksicht mit dem Müll, den sie hinterlassen. Dort werden wir einiges finden. Aber nach getaner Arbeit erwartet uns das Meer dort noch mit offenen Armen. Und ein kühles Getränk am Kioskboot, das dort bis spät abends ankert. Also, alle Mann an Bord.«

Myriel übersetzte seine englischen Worte ins Deutsche, und dann halfen die beiden einem älteren Ehepaar an Bord. Isa konnte nicht umhin, zu Kalypso Floros hinüberzuschielen, die sich elegant über die Reling geflankt hatte und ihr nun schräg gegenüber saß, die Augen aufs Meer gerichtet. Sie schien dort draußen immer etwas zu sehen.

Spyros startete den Motor und los ging die Fahrt. Als er sich zu der Zakynthin hinüberbeugte und sie beide in ein Gespräch verfielen, verfluchte Isa den Lärm des Außenbordmotors. Sie hätte zu gerne Mäuschen gespielt. Aber dann lehnte sie sich zurück, streckte die Nase in den Wind und genoss die Fahrt.

Plötzlich verstummte der Schiffsmotor. »Schaut links ins Wasser.« Spyros bewegte das Steuerrad, und das Boot machte, von den Wellen getrieben, einen kleinen Bogen. Und dann sah

Isa etwas im Wasser schimmern, wie flüssiges Gold. Sie beugte sich weiter über die Reling. Eine Schildkröte. Gemächlich schwamm sie durch das Wasser jenseits des Bootes. »Caretta Caretta. Es gibt hier viele von ihnen, aber dennoch bekommt man sie nicht allzu oft zu Gesicht.«

Als hätte die Schildkröte das gehört, hob sie neugierig ihren Kopf aus dem Wasser. Für einen Moment war es, als blinzelte sie ihnen zu, bevor sie wieder untertauchte und im Blau des Meeres verschwand. Ein Glücksomen. Oder zumindest ein kleiner Moment, der glücklich machte. Ihre erste Schildkröte in freier Wildbahn. Ein Goldklecks im endlosen Azur.

***

Der Strand wirkte auf den ersten Blick sauber, aber sobald man genauer hinsah und den Sand mit dem Fuß etwas verschob, tauchten Eisverpackungen, zerknautschte Pappbecher und unendlich viele Zigarettenfilter auf. Der Müllsack in Isas Hand füllte sich zügig, und sie ahnte, dass sie bereits morgen Abend schon wieder ausreichend Abfall hier vorfinden würden. Die Ignoranz mancher Menschen war leider nicht heilbar. Aber zweimal die Woche auf freiwilliger Basis hier hinauszufahren, um den Strand etwas zu säubern, war ein guter Anfang.

»Du hast eine sehr schöne Stimme.« Isa fuhr hoch, als sie plötzlich angesprochen wurde. Hinter ihr stand die griechische Olivenölgöttin.

»Äh, danke.« Sie blickte in die schilfgrünen Augen der Griechin, dann auf den Zigarettenstummel in ihrer Hand, den sie soeben aus dem Sand gefischt hatte. *Sexy*. Sie ließ sie im Müllsack verschwinden und wischte sich dann die Hand an der Shorts ab.

»Ich hätte nicht gedacht, dass es ein deutsches Lied gibt, dass so viel von der griechischen Melancholie in sich trägt.«

»Nun, eigentlich ist es ja eine alte schottische Weise.«

»Ich rede nicht von der Melodie, die mir wohl bekannt ist. Die deutsche Version des Textes meine ich. Noch so viel eindrücklicher als das englische Original.« Die Zakynthin summte leise, dann zitierte sie in nur leicht von einem Akzent gefärbten Deutsch. »So ist in jedem Anbeginn das Ende nicht mehr weit. Wir kommen her und gehen hin, und mit uns geht die Zeit.«

»Du sprichst Deutsch?«

»Nur ein wenig. Meine Mutter ist Dänin, deswegen fällt es mir wohl nicht so schwer. Aber ich gestehe, ich habe mir den Text vollständig ins Griechische übersetzt, um ihn auch wirklich verstehen zu können.«

Sie lächelte – dieses Mal offener als am Abend zuvor – und Isa verschlug es für einen Moment die Sprache. Selten hatte sie ein so attraktives Lächeln gesehen, und sie fragte sich, wie es wohl erst sein mochte, wenn diese Frau herzlich lachte. Womöglich würde sie dann einen Herzstillstand erleiden.

»Dänin? Also ein Kind zweier Inseln, sozusagen.« Nicht gerade ihre eloquenteste Art der Gesprächsführung. Aber die Zakynthin musterte sie nur, und das Lächeln zupfte noch etwas mehr an ihren Mundwinkeln.

»So kann man es sagen. Wenn du magst, zeige ich dir gern etwas mehr von jener, die ich mein Zuhause nenne. Ihr Küstenverlauf kann atemlos machen.«

Hätte sie jetzt noch gezwinkert, wäre sich Isa sicher gewesen, dass sie es absolut zweideutig meinte. So blieb ihr nur dieses Lächeln, welches sie total verwirrte. Doch dann lief eine kurze Glut durch den Blick der Griechin. *Also doch.*

»Ja, das glaube ich sofort.« Isa hoffte, dass ihre von der Sonne bereits gebräunte Haut die Hitze nicht in allzu knalligem Rot auf ihre Wangen malte.

»Morgen Abend? Ich hole dich vom Hotel ab. Meerseitig, mit meinem Boot?«

Ein Kairosmoment. Die einmalige Chance, die Gelegenheit beim Schopf zu packen. Der Gott des richtigen Augenblicks, mit Flügelschuhen und einer langen Haartolle in der Stirn. Schnell unterwegs ist er, zu fassen bekommt ihn nur, wer im Vorübergehen seinen Schopf packt. Wer den Augenblick verpasst, greift ins Leere. Am Hinterkopf ist der Gott kahl rasiert. Vorbei ist vorbei.

Achtsamkeit, um den Moment wahrzunehmen. Bewusstheit, um seine Bedeutung zu erkennen. Intuition, die ohne langes Grübeln entscheiden lässt. Mut, um den gewohnten Pfad zu verlassen. Und Selbstvertrauen, dass es gut werden wird. Denn man tritt durch eine neue Tür, ohne zu wissen, was sich dahinter verbirgt. Man muss sich auf eine Herausforderung einlassen, von der man nicht weiß, ob man sie zu bestehen vermag, noch, ob sie wirklich die richtige ist.

In einem Kairosmoment gestaltet die Zukunft die Gegenwart. Es war gefährlich, darauf zu vertrauen, dass man alles auf später verschieben, es zu einem anderen Zeitpunkt nachholen konnte. Denn dieser Gott wartet nicht, er zieht weiter. Und hat sich die Tür wieder geschlossen, ist es möglicherweise für immer.

Ich habe nichts zu verlieren. Und Isa wusste auch, dass sie es selbst dann getan hätte. Sie nickte schon, bevor die Worte ihren Mund verließen. »Es wäre mir ein Vergnügen.«

SECHS

Auf der Rückfahrt spürte sie immer mal wieder den Blick der Griechin über sie gleiten. Aber wann immer sie zu ihr hinüberblickte, waren die Augen von Kalypso Floros in die Ferne oder auf das Meer gerichtet. Die Jägerin ließ sich nicht in die Karten schauen.

Als sie vom Bord ins seichte Wasser hüpften, gelang es ihr, Augenkontakt herzustellen. »Also, morgen Abend dann. Ich heiße übrigens Isabel.«

Für einen Moment zeigte sich eine Spur Verlegenheit auf dem Gesicht ihres Gegenübers. »Verzeih. Ich habe deinen Namen schon vernommen, aber dennoch wäre eine offizielle Vorstellung angebracht gewesen. Kalypso Floros.« Sie streckte ihre Hand aus, und in dem Moment, in dem Isa danach griff, spürte sie einen sehr angenehmen Stromschlag durch ihren Körper fahren.

»Isabel Ange.«

»Französisch?«

»Großväterlicherseits. Aber ich spreche es weniger gut als griechisch.« Sie zuckte entschuldigend mit den Schultern.

»Also sicherlich gut genug. Eine schöne Sprache … unter anderem.«

Bevor Isa nachfragen konnte, löste sich die Hand wieder aus ihrer.

»Bis morgen Abend. Ich freue mich auf dich.«

Und damit wandte sich die Zakynthin ab und ging. Isa starrte ihr auf den verlängerten Rücken, bis ein leises Räuspern sie herumfahren ließ. Neben ihr stand Myriel mit ihrem breitesten Grinsen, welches sie im Repertoire hatte. »Na? Habt ihr euch angefreundet?«

»Hm. Sie hat mich für morgen Abend zu einer Bootstour eingeladen.«

»Oha. Du weißt, was das heißt?« Myriel sah über ihre Schulter. »Wir hatten Recht, agapi mou. Sie war wegen Isa hier.«

»Was heißt, wegen mir?« Aber Isa wusste, dass sie recht hatten. Kalypso hatte sie im Auge, seitdem sie ihr Lied gesungen hatte. Und hatte nicht lange gefackelt. Und Isa war ihr nur allzu willig ins Netz gegangen.

»Ich sag's dir jetzt, wie es ist, Isa. Kalypso Floros ist genauso wunderschön wie unnahbar. Es sind ihr einige Touristinnen ins Netz gegangen. Zwei Tage später saßen sie wieder mutterseelenallein mit verheulten Augen oder zumindest nicht allzu glücklichen Gesichtern beim Frühstück. Eine Nacht, vielleicht zwei – mehr hat die Dame nicht in ihrem Repertoire. Damit du weißt, auf was du dich einlässt.«

Isa blickte in Myriels ernste Augen. »Danke. Aber das wusste ich schon, als ich sie zum ersten Mal sah. Trotzdem geht sie mir nicht aus dem Kopf. Man sollte doch viel öfter das tun, was sich gut anfühlt, und nicht das, was vielleicht vernünftiger wäre. Und um das geht es doch, oder?«

Myriel drehte sich zu Spyros und grinste. »Ja, da hast du recht. Wir wären auch nicht hier, wenn wir nicht einmal zu oft unvernünftig gewesen wären.«

***

Was zog man zu einem Date auf einem Boot an, wenn man wusste, dass man es so oder nicht lange anbehalten würde? Zumal Kleidung bei diesen Temperaturen eher überbewertet war, wollte sie dennoch einen guten Eindruck hinterlassen. Nach einigem Hin und Her entschied sich Isa für ein leichtes, schlichtes Sommerkleid über ihrem neuen Bikini. Das sollte es tun.

Sie schielte auf die Uhr, deren Zeiger seit einer Stunde extra langsam voran tickten. Sie wollte nicht zu früh am Ufer sein, um nicht sehnsüchtig zu wirken – aber Kalypso heranfahren zu sehen …

»Ach, was soll's. Urlaub am Meer, da ist man eben am Meer.« Sie schnappte sich ihre Sonnenbrille und lief hinunter zum Strand, wo sie sich in einen der Liegestühle setzte. Und es dauerte nicht lange, bis ein kleines, weißes Boot vom Meer ins seichte Wasser steuerte. Der Motor ging aus, und Isa sah den blonden Schopf von Kalypso Floros hinter dem Steuer. Sie stand auf und hob grüßend die Hand, bevor sie die Flip-Flops in die Hand nahm und durch das flache Blau auf das Boot zuwatete.

»Kalispera.«

»Kalispera, Bella.«

Nicht Isa, so wie sie alle anderen nannten. Diese Frau machte es in jeder Hinsicht auf ihre eigene Art. Aber dieser Spitzname barg auch ein Kompliment, und aus dem Munde einer Göttin klang es verführerisch gut.

Die Griechin streckte ihre Hand aus, und wieder spürte Isa einen leichten Stromschlag, als sie sie ergriff und an Bord kletterte. Nicht ganz so elegant, wie ihr Gegenüber am gestrigen Abend Spyros' Boot erklommen hatte.

»Hattest du einen schönen Tag?« Kalypso deutete ihr, sich zu setzen, während sie wieder den Platz hinter dem Steuer einnahm und den Motor startete. Der Platz des Steuermannes stand ihr, genauso wie die kurze Bluejeans und das weiße Leinenhemd.

»Ich glaube, hier auf der Insel kann man nur schöne Tage haben.«

»Wenn man hier tagein, tagaus lebt, sind auch einige der anderen dazwischen. Aber ich gebe dir recht; schöne Tage sind hier in Griechenland leichter zu finden als anderswo.« Sie manövrierte das Boot geschickt aus dem flachen Wasser und fuhr, Marathonisi links liegen lassend, die Küste entlang.

»Wir passieren gleich die Mizitres, zwei Klippen im Meer. Von oben aus, beim Leuchtturm von Kerì, hat man einen wunderschönen Ausblick. Die Touristen müssen dafür allerdings in dem angeschlossenen Gasthaus etwas konsumieren.« Kalypso grinste. »Wir Griechen wissen, wie man Schönheit versilbert.«

Ihre Augen ruhten einen Moment zu lange auf Isa, und ein kleiner Funke glomm darin. »Hier gibt es ebenfalls wunderschöne Grotten, nur mit dem Boot erreichbar. Kristallblaues Wasser, und, sobald die Touristenboote abgefahren sind, absolute Ruhe. Das gleiche gilt für die berühmten blauen Grotten am anderen Ende der Insel. Und die werden wir erreichen, wenn alle anderen Schiffe ihnen bereits das Heck zuwenden.«

Es lag ein eindeutiges Versprechen in ihren Worten, ohne dass sie es direkt aussprach.

»Aber vorher passieren wir noch die berühmte Shipwreck-Bucht, Navagio mit Namen. Diesen berühmtesten Strand der Insel will ich dir natürlich nicht vorenthalten, auch wenn du keine Touristin im eigentlichen Sinne bist. Und ich keine Fremdenführerin.« Ihr Grinsen wurde breiter. »Aber es ist schon beeindruckend genug, um einen Blick darauf zu werfen. Du warst schon öfter in Griechenland?«

Isa nickte. »Seitdem ich vor Jahren einmal auf Rhodos war, habe ich mich in dieses Land verliebt. Und im Jahr darauf eine Sprachreise nach Athen gebucht. Dann habe ich es einige Zeit nicht mehr hierhergeschafft. Aber jetzt, da Myriel einen griechischen Verlobten hat … und ich heute die Gelegenheit, mir durch eine einheimische Führerin die Insel zeigen zu lassen … spiele ich recht gerne mal Touristin. Und lausche aufmerksam.«

»Du solltest dir an deinem nächsten freien Tag ein Motorrad oder ein Auto mieten. Zakynthos Stadt ist auch einen Ausflug wert. Aber spare dir ein Quad und Laganas … außer, du willst wirklich touristisch unterwegs sein. Was ich nicht glaube.«

Wieder ruhten ihre Augen etwas zu lange auf Isas Oberkörper. »Ich denke, du bist nicht auf der Suche nach dieser Art von Rausch.«

Sie flirtete. Nicht aufdringlich, aber auch nicht gerade dezent. Isa spürte, wie ihr heiß wurde. Sie war der Fisch am Haken – aber sie genoss es. Trotz so mancher Bauchlandung liebte sie das Spiel mit dem Feuer noch immer. Auch wenn sie, wenn es sich gut anfühlte, oft zu leicht entflammbar war.

»Nein, ich bin eher wählerisch.«

Die Griechin wandte den Kopf ab, aber Isa konnte sehen, dass sie sich ein lautes Lachen verkneifen musste. »Ein Glück für mich.«

45

SIEBEN

Die Navagio-Bucht war wirklich atemberaubend, nicht nur wegen des Schiffswracks. Weiße, steile Klippen, das Meer in einem strahlenden Türkisblau – und Isa wurde tatsächlich für einen Moment zur Touristin, zückte ihren Fotoapparat und mischte sich in die verbliebenen Gruppen von Besuchern, um ein paar Fotos zu schießen. Kalypso hingegen ging nicht an Land, sondern beobachtete das letzte Aufgebot von Touristen vom Boot aus. Und Isa war sich sicher, ihre Augen auch auf ihrem Hintern gespürt zu haben, als sie von Bord gegangen und sich dem Wrack genähert hatte. Die smaragdgrünen Augen ruhten jedenfalls auch auf ihr, als sie zum Boot zurück watete und die Leiter erklomm.

»Ausreichend Fotos fürs Erinnerungsalbum?« Etwas

Belustigung lag in der Frage, aber fern von jedem Spott.

»Dieser Platz ist zu schön, um nicht zu versuchen, Erinnerungen daran festzuhalten.«

»Nun, das stimmt. Die Farben hier sind wirklich einmalig. Bist du trotzdem bereit, weiter zu fahren? Es gibt noch weit mehr, was ich dir heute zeigen möchte.«

Das war eindeutig. Vor allem, weil sich das Grün ihrer Augen während dieser Worte verdunkelte. Isa spürte ein Kribbeln ihren Rücken entlanglaufen. »Ja, fahren wir weiter.«

***

Kalypso stoppte den Motor, und langsam glitt das Boot in die Höhle hinein. Das Wasser unter dem Kiel schimmerte hier in dunklem Azur.

»Ein Platz nur für uns allein.« Kalypso verließ das Steuer und schlüpfte aus ihrem Shirt. Kleine, feste Brüste, ein adonisgleicher Körper. Die Short folgte, doch ehe Isa noch einmal blinzeln konnte, war die Griechin schon mit einem eleganten Sprung von Bord gegangen. Kurz darauf tauchte ihr

Kopf aus dem Wasser. »Ich hoffe, du hast keine Angst, dich nass zu machen?«

Es lag erneut eine gewisse Anzüglichkeit in ihren Worten.

»Óchi.« *Nein.* Schnell zog sich Isa das Kleid über den Kopf und sprang ins Wasser. Als sie wieder auftauchte, blickte sie direkt in die Augen der Griechin. Ihr Blick war intensiv, prüfend.

»Ein Bikini ist hier nicht wirklich nötig.« Kalypsos Stimme klang fast tadelnd. Doch bevor Isa etwas entgegnen konnte, lagen nasse Finger in ihrem Nacken, und die Griechin zog sie nah zu sich heran. »Das werden wir noch ändern.« Und ohne Vorwarnung pressten sich kühle Lippen auf die ihren, ein fordernder, gieriger Kuss, ohne jegliche Zurückhaltung. Er schmeckte nach Salz und purer Lust.

Ein unfreiwilliger Seufzer entkam Isa, als sich die Lippen wieder von ihren lösten. Weiße Zähne blitzten in einem Lächeln. »Du weißt, dass ich dich nicht ohne Hintergedanken zu einer Bootsfahrt eingeladen habe?«

»Natürlich nicht.«

»Gut. Kühl dich ab, koukla mou. Wenn wir zurück an Bord

gehen, werde ich dafür sorgen, dass du ins Schwitzen kommst.«

Sie schwitzte jetzt schon, und auch das angenehm kühle Wasser konnte diese Hitze nicht von ihrem Körper spülen. Mit dieser wunderschönen Frau rund um die Insel zu fahren, wissend, wohin es führen würde … jeder Blick, jede Bemerkung hatte Isas Lust gesteigert. Nun, da diese griechische Gottheit nackt im Wasser neben ihr schwamm, der Kuss auf ihren Lippen brannte und das Versprechen dieser Verabredung zum Greifen nah war, konnte kein Wasser der Welt das Feuer in ihr löschen.

Dennoch schwamm sie einige Züge, legte sich auf den Rücken und ließ sich treiben. Die Vorfreude vibrierte zwischen ihnen beiden, und als Kalypso sich ihr erneut näherte, stöhnte sie schon fast vor Lust, bevor sie ihre Hände auf ihrer Haut spürte.

»Ich habe lange genug gewartet.« Die Lippen der Griechin waren warm in ihrem Nacken, als sie sie mit ihrem Körper zum Boot zurückdrängte. »Ich will dich jetzt.«

Isa spürte die Sprossen der Leiter an ihrem Rücken, aber Kalypso hielt sie davon ab, das Boot zu erklimmen. »Ich sagte *jetzt*. Halt dich fest.« Während Isa mit ihren Händen das Metall hinter sich ergriff, hatte Kalypso ihr bereits das Bikini-Oberteil vom Körper gestreift und es auf das Boot geworfen. Ihr starker Arm stützte sie, während die andere Hand tiefer wanderte, unter Wasser tauchte und in die Badehose glitt. Ihre Augen waren auf Isas Brüste gerichtet, die bereits erwartungsvoll ihre Lust preisgaben.

»Wunderschön.«

Isa spürte, wie Kalypsos Arm sie noch ein Stück höher hob, so dass ihr Oberkörper vollständig aus dem Wasser war. Und dann sanken die Lippen der Griechin auf ihren Busen nieder – und Isa stöhnte auf, wie unter einem Stromschlag. Sie war schlagartig nass zwischen den Beinen, und Kalypsos leichtes Grinsen gegen ihre Haut verriet ihr, dass die Griechin diese Nässe trotz des Wassers um sie herum sehr wohl bemerkt hatte. Aber noch ruhte ihre Hand regungslos zwischen Isas Beinen, während ihre Zunge allein auf ihren Brüsten sie schon zum Beben brachte.

Isa warf ihren Kopf zurück und biss sich auf die Lippen. »Ooooh …« Sie konnte es nicht verhindern, dass sie bereits jetzt lautstark reagierte. Aber es schien der Griechin zu gefallen. Als Kalypso kurz ihren Kopf hob, um sie anzusehen, war das Grün ihrer Augen leuchtend, wie geschmolzenes Glas.

»Ich werde dich jetzt nehmen, Bella. Und ich will, dass diese Grotte unter deinem Stöhnen erbebt.« Sie küsste sie kurz, hart und tief, bevor sie ihre Hand genauso hart und tief in Isas Nässe versenkte.

***

»Ich hoffe, du bist zufrieden mit dem, was ich dir heute geboten habe.« Kalypso stoppte das Boot unweit des Ufers und blickte sie an. Ein verschmitztes Lächeln zupfte an ihren Mundwinkeln.

»Mhm …« Isa hatte ihre Sprachfähigkeiten noch nicht ganz wiedergefunden. Nachdem die griechische Göttin sie in der Grotte vernascht hatte, war sie mitten auf dem Meer noch einmal über sie hergefallen, um sie auf den Planken des Bootes zu nehmen. Etwas behutsamer als zuvor, aber nicht weniger leidenschaftlich. Sie konnte ihre Finger noch immer in sich spüren.

»Sehen wir uns wieder? Ich würde mich gern erkenntlich zeigen.« Kalypso hatte sich an ihr ausgiebig bedient, aber als Isa Hand anlegen wollte, hatte sie ihre Finger sanft weggeschoben. »Beim nächsten Mal. Heute gehörst du mir.« Isas Protest wurde in einem tiefen Kuss ertränkt, und kurz darauf hatte die Griechin erneut dafür gesorgt, dass sie die Sprache verlor.

»Darauf kannst du deine zwei hübschen Ladies verwetten. Gib mir deine Nummer.« Kalypso tippte sie in ihr Handy ein, dann trat sie näher und verabschiedete sich mit einem kurzen, aber keineswegs freundschaftlichen Kuss. Isa spürte, dass sie noch immer hungrig war, aber sich zurückhielt. »Es war mir eine ausgesprochene Freude, Bella. Bis bald.« Und damit war sie entlassen.

***

Isa hätte nach dem knappen Abschied nicht damit gerechnet, dass sich Kalypso so bald wieder melden würde. Es war ein schöner Ausflug gewesen, sie hatten sich gut verstanden und der Sex … nun, der war atemberaubend gut gewesen. Aber mehr als das war es nicht, und musste es auch nicht werden. Trotzdem musste sie grinsen, als sie noch am gleichen Abend eine Nachricht von der Griechin vorfand.

„Du warst sehr sexy heute unter meinen Händen, moro mou. Ich freu mich auf ein Wiedersehen. Morgen Abend bei mir?"

Isa zögerte nicht einen Moment.

ACHT

Kalypso öffnete ihr die Tür, gekleidet in Anzughose und einem hellblauen Hemd, welches gegen das Braun ihrer Haut fast leuchtete. »Hey. Komm rein.«

Isa trat einige Schritte in die Wohnung, bis sie von einem neugierigen „Mau" gebremst wurde. Jemand hatte sich trotz ihrer geringen Größe eindrucksvoll in ihren Weg gestellt.

»Das ist Pallas Athene. Sie ist etwas eigen – genauso wie ich.« Die getigerte Katze setzte sich vor Isa und sah sie mit schief gelegtem Kopf an, als wollte sie die Aussage unterstreichen.

»Sie hat zumindest den gleichen, prüfenden Blick.« Isa kniete sich nieder und streckte ihre Hand aus. Die Katze zögerte noch einen Moment, dann kam sie näher. Schnupperte, schnurrte schließlich und rieb ihren Kopf an Isas Arm.

»Das macht sie nicht bei jedem. Du scheinst ihr zu gefallen. Frappé?«

»Gern.« Isa nahm sich noch einen Moment Zeit, die Tigerin zu streicheln, bevor sie sich erhob und umblickte. Weiß gestrichene Wände, leuchtend im Sonnenlicht, das durch die hohen Fenstertüren fiel, die zur Terrasse hinausgingen. Ein Rennrad, eingespannt in einer Trainingshalterung, ein großer Tisch aus Olivenholz, schlicht und massiv. Außer zwei Schwarz-Weiß-Fotografien, die Kalypso einmal von hinten aufs Meer blickend, einmal mitten in einem Olivenhain zeigten, waren die Wände leer. Erinnerungsfrei. Zwei weitere Türen außer jener, durch die Kalypso verschwunden war, beide geschlossen. Schlaf- und Wohnzimmer, vermutete sie. Wenige Räume, dafür großzügig geschnitten. Genug Platz, um sich zu bewegen und wohlfühlen zu können.

»Geh ruhig schon hinaus.« Die Griechin erschien kurz im Türrahmen, ein leeres Glas in jeder Hand und deutete mit einem Kopfnicken Richtung Terrasse. »Ich bin gleich bei dir, ich werde mich nur noch aus der beruflichen Schale werfen.

Mach's dir bequem.«

Die Terrasse überblickte Olivenfelder und einen Pinienwald, sowie Ausläufer einer Hügelkette. Und in der Ferne glitzerte das Meer. Isa setzte sich auf einen der beiden Liegestühle und lehnte sich zurück. Ein schöner Platz.

»Oriste.« Kalypso war neben sie getreten und reichte ihr ein Glas mit eiskaltem Frappé. Hemd und Anzughose waren Shorts und Shirt gewichen. *Sommerfrau.*

»Efharisto poli.« Der kühle Kaffee tat gut bei der Temperatur – und der Hitze, die die Anwesenheit der Griechin in ihr auslöste. »Schön hast du's hier.«

»Mhm.« Kalypso setzte sich ihr gegenüber. »Du siehst gut aus.«

Isa hatte sich für heute in das zweite Kleid aus ihrer Reisegarderobe geworfen. Für einen Strandurlaub mit Arbeitsverpflichtung hatte sie nicht wirklich Abendgarderobe oder irgendetwas Elegantes eingepackt. Zwei einfache Strandkleider, mehrere Shorts, T-Shirts. »Danke.«

»Ich nehme an, du hast wieder einen Bikini darunter?«

Isa spiegelte das kleine Grinsen ihres Gegenübers. »Ja. Ich wollte weder, dass ein plötzlicher Windstoß mich auf dem Weg zu dir lüsternen griechischen Augen aussetzt, noch wollte ich es dir gar zu leicht machen.«

»Hm hm …« Die leise, tiefe Stimme der Zakynthin verursachte ein Kribbeln in Isas Unterleib. »Ich mag die Herausforderung.« Aber noch schien sie es zu genießen, nur ihre Augen über Isa gleiten zu lassen. »Wenn Zeus nicht so ein Lüstling gewesen wäre, hätte die griechische Mythologie gewaltig an Kapiteln eingebüßt. Ein Paperback, statt eines Wälzers. Und wir Griechen wären vielleicht nicht das leidenschaftliche Volk, das wir sind.«

»Vielleicht.« Isa konnte nicht umhin zu grinsen. »Obwohl der Lustmolch ja gar kein Fan von uns Menschen war, oder? Also, manch sterbliche Frau konnte ihn reizen, aber er hat Prometheus in Ketten an die Felsen des Kaukasus geschlagen, weil er den Menschen erschaffen und ihm das Feuer geschenkt hatte.«

»Da ist jemand sehr bewandert in griechischer Mythologie.« Das Feuer in Kalypsos Augen war entflammt, aber brannte noch nicht heiß genug, um das Gespräch hier und jetzt zu beenden. »Hier sitz' ich, forme Menschen nach meinem Bilde, ein Geschlecht, das mir gleich sei, zu leiden, weinen, genießen und zu freuen sich, und dein nicht zu achten, wie ich! Euer Goethe war schon ein Zauberer mit Worten. Wobei mir der Teil mit dem Genießen am besten gefällt.« Sie lachte leise. »Und dass Zeus von den Menschen eine Seinssteuer in Fleischesform erhebt, ist ebenfalls passend.«

»Wüsste ich es nicht besser, würde ich dich gerade für eine seiner Inkarnationen halten. Nur das Eine im Sinn.«

Kalypso verschluckte sich vor Lachen fast an dem Schluck Kaffee, den sie genommen hatte. »Verzeih, aber nach dem gestrigen Ausflug kriege ich meine Lust einfach nicht gebändigt. Und dich nun vor mir sitzen zu sehen … « Sie beugte sich vor, und ließ ihre Hand unter den Saum von Isas Kleid schlüpfen. »Da bin ich doch allzu neugierig, ob der Bikini, den du trägst, derselbe ist wie gestern.« Ihre Hand wanderte weiter. »Und ob ich wieder so schnell das Meer zwischen deinen Beinen erwecken kann.« Die Finger hatten ihr Ziel erreicht und strichen mit sanftem Druck über den Stoff des

Bikinihöschens. Isa biss sich auf die Unterlippe, um nicht gleich bei dieser ersten Berührung ihre Erregung zu verraten. Doch etwas anderes verriet sie ganz eindeutig. Die Augen der griechischen Göttin suchten die ihren, und ein verführerisch zufriedenes Lächeln lag auf ihren Lippen. »Oh ja … es ist Flut.«

Zu Isas Erstaunen unterbrach Kalypso allerdings ihre Liebkosungen und lehnte sich wieder in ihrem Stuhl zurück. »Ich möchte noch einen Moment genießen, dich anzusehen – wissend, dass du ganz und gar bereit für mich bist.«

Isabel schmolz unter dem verzehrenden Blick der Griechin, auch wenn sie sich bemühte, gelassen zu wirken. Ihr Unterleib vibrierte vor Lust und Verlangen, und alles in ihr sehnte sich danach, Kalypso in ihren Armen zu halten. Haut auf Haut. Stattdessen blickten sie sich an, Auge in Auge, bis die Spannung zwischen ihnen schier unerträglich war. Und dann der eindeutige Funke in Kalypsos Augen, auch wenn sie noch immer unbeweglich dasaß.

»Zieh dich aus.« Mehr als eine Forderung, fast ein Befehl. Die griechische Göttin war ungeduldig, wenn sie heiß lief. Aber Isas eigene, zum Zerreißen gespannte Nerven erlaubten ihr keinen Widerstand. Sie stand auf, schlüpfte aus dem Kleid und näherte sich dem Liegestuhl, auf dem Kalypso noch immer wie seelenruhig saß.

»Der Bikini?« Die Stimme der Griechin war rau vor unterdrücktem Verlangen.

»Der ist für dich.« Isa gelang es gerade so, diese Worte zu flüstern. Und dann zogen warme, starke Arme sie auf Kalypsos Schoß hinab. Sie keuchte auf, als ungeduldige Finger das Bikini-Top zur Seite schoben und heiße Lippen ihren Busen zu liebkosen begannen. Und dann war Kalypso in ihr, und brachte sie binnen Sekunden gekonnt zum Höhepunkt.

»Ich konnte nicht mehr länger warten. Aber ich will dich noch weiter genießen. Lass uns hineingehen und zusehen, dass du diesen unseligen Bikini ganz los wirst.« Sie hob Isa von ihrem Schoß und führte sie an ihrer Hand ins Schlafzimmer. Dort entledigte sich die Griechin ihrer Kleidung, bevor sie Isa den Bikini vom Körper streifte, sie unter sanften Küssen Richtung Bettkante drängte und unter ihrem Körper begrub. »Du hast wunderschöne Brüste.« Ein heißer Atemhauch an Isas Ohr.

Dann wanderten Kalypsos Lippen tiefer, während ihre Hände sich zärtlich über Isas Busen legten. »Ich hoffe, du hast nichts dagegen, von meiner Zunge verwöhnt zu werden?«

Isa grub ihre Hände in die kurzen Haare der Griechin, bevor sie mit ihrem Kopf zwischen ihre Beine tauchen konnte. »Rein gar nichts. Aber ich würde gerne dafür sorgen, dass du die Bodenhaftung verlierst, und nicht nur ich auf meine Kosten komme.«

»Oh, ich komme ausreichend auf meine Kosten, glaub mir.« Kalypso zwinkerte ihr zu. »Ich mag es, dich zu ficken. Und ich würde dich allzu gerne lecken, Bella. Und danach darfst du dich nach Herzenslust an mir bedienen. Okay?« Aber sie gab Isa keine Zeit, um zu antworten. Und als ihre Zunge direkt auf Isas empfindlichster Stelle landete, hätte es auch keine Worte mehr gegeben, die artikulierbar waren.

»Ich mag es, wie du stöhnst.« Kalypso küsste sie, und Isa schmeckte sich selber auf ihren Lippen.

»Mmh. Ich mag das, was du tust, damit ich stöhne.« Ihre Hände glitten wie von selber an dem muskulösen Körper der

Griechin hinab, und ein leichtes Zittern verriet ihr, dass Kalypsos Lust zum Zerreißen gespannt war. »Und jetzt möchte ich dich hören, Floros.« Ein Funkeln in den griechischen Augen verriet ihr, dass der leicht strenge Tonfall Gefallen fand. »Ela araxe. Leg dich auf den Rücken und entspann dich.« Isas Finger und Lippen begannen über den wunderschönen Körper der Griechin zu tanzen. Und sie wurde mit so manch lustvoller Lautäußerung belohnt.

***

Pallas Athene kam heranstolziert und baute sich vor Kalypso auf. Trotz ihrer geringen Größe konnte sie sehr einschüchternd sein, wenn sie es wollte.

»Mau.«

Du bist unzufrieden mit mir?«

»Mau.«

»Du meinst, ich hätte sie bei mir schlafen lassen sollen? Sie hätte bei uns bleiben sollen?«

Die Katze legte den Kopf schief und sah sie aus ihren

gelbgrünen Augen an.

»Okay. Bevor du jetzt dein Aigis schüttelst, lasse ich dich wissen, dass du recht hast. Du magst sie, genauso wie ich. Aber, meine Liebe, wir wissen beide, dass wir uns nicht allzu sehr an sie gewöhnen dürfen. Das endet nicht gut.«

»Mau.« Das klang eindeutig nicht einverstanden. Kalypso seufzte.

»Ich hätte dir wohl einen anderen Namen geben sollen. Als Göttin der Weisheit machst du mir Angst, wenn du mir so vehement widersprichst.«

Die Augen der Katze funkelten.

»Also gut. Das nächste Mal darf sie bleiben. Zufrieden?«

Und Pallas Athene begann zu schnurren. Es war eindeutig, auf wessen Seite sie war. Und dass sie es mochte, wenn sie zu dritt waren. So wie damals. Nur ahnte ihr kleines Katzenwesen nicht, dass sie niemals nur wieder zu dritt sein würden. Hellena würde immer dabei sein. Sie trug sie so tief in sich eingegraben, dass keine Frau der Welt es bislang geschafft hatte, mit Kalypso ganz alleine zu sein. Oder der kleine Tiger ahnte es nur allzu gut, und hoffte jedes Mal wieder, dass es zu einem neuen Happy End kommen würde.

»Wenn sie über Nacht hier in unserem Haus bleibt, wäre sie die Erste seitdem. Bist du dir sicher, dass wir dieses Risiko eingehen sollten?«

Die Katze sprang auf ihren Arm und warf ihr erneut einen tiefen Blick zu, bevor sie sich an sie kuschelte.

»Du bist dir deiner Sache wohl ziemlich sicher. Das heißt aber auch, dass du die Nacht nicht im Bett verbringen wirst, Madame.«

Kein Protest, nur weiteres, beifälliges Schnurren.

»Vielleicht gibt's dann auch nur Trockenfutter, weil ich zu beschäftigt bin.«

Pallas Athene hob den Kopf, blickte sie an und zwinkerte ihr zu. Kalypso musste lachen, ob sie wollte oder nicht. »Du bist ein Biest. Ein kleines, haariges, berechnendes Miststück, meine Gute.« Sie streichelte den kleinen Tiger, bis er schnurrte. »Es wird weh tun«, flüsterte sie leise. »Das wissen wir beide. Mindestens einer von uns dreien wird es verdammt weh tun.«

NEUN

Normalerweise war Sex etwas, das sie genießen und dann wieder ad acta legen konnte. Etwas Spaß, etwas körperliche Verausgabung, etwas notwendige Nähe als ein soziales Wesen … mehr hatte sie sich nicht gestattet. Nicht gewollt. Nicht gebraucht. Aber gestern Nacht war anders gewesen. Isa war anders, als alle anderen Frauen zuvor. Und das hatte etwas in Kalypso angestoßen. In ihrem Herzen. Ihre Berührungen hatten sich unglaublich gut angefühlt. Heilend. Und wie sie sich ihr hingegeben hatte, sprach von unbändiger Leidenschaft. Das mochte sie sehr. Und hatte es gestern fast zu sehr genossen. Wenn der Sex mit Isa entfachte, was er mit anderen Frauen bisher gelöscht hatte – Sehnsucht nach mehr davon –, dann gab es nur noch eine andere Möglichkeit, um ihre Ruhe wiederzufinden.

Der Schweiß lief ihr den Nacken herunter und durchnässte den Kragen ihres weißen Shirts, aber selbst als sie keuchte, durchbrach sie den Rhythmus des Balles nicht. Schläger, Wand, Boden – auch beim Squash kannte sie kein Aufgeben. Noch immer nicht. Sie musste zwar niemandem mehr beweisen, dass sie besser war, aber alte Gewohnheiten legte man schwer ab – auch wenn man selber der Gegner war. Denn auch wenn sie den Tennisschläger gegen den Squashschläger eingetauscht hatte, hörte sie noch immer die Stimme ihres Vaters im Rücken, sobald sie die Hand um den Griff legte.

»Locker in den Beinen, verdammt noch mal!«

»Sieh auf den Ball, nicht auf deinen Gegner!«

Auch wenn ihr seitdem das Spiel mit Ball und Schläger auf gewisse Art verhasst war, hatte sie herausfinden müssen, dass es dennoch das beste, oder zumindest zweitbeste Ventil war. Für überschüssige Energie, gegen Frust und die immer wieder aufkeimende Wut in ihr. Oder die Trauer. Es lag beides darin.

***

Die weißen Tennissocken. So weit am Bein hochgezogen, dass die Gummis am Bund fast schmerzhaft in die Haut schnitten. Ein knapper weißer Tennisrock, den sie schon immer gehasst hatte. Die Augen ihres Vaters im Rücken, der am Spielfeldrand stand und sie nicht einen Moment aus seinem Blick entließ. Seine missbilligenden Zwischenrufe, wenn sie nicht schnell genug reagiert, den Ball verfehlt hatte. Oder den Aufschlag nicht präzise genug platzierte, gar wiederholen musste.

Eine Berühmtheit in der Familie des zweitgrößten Olivenölproduzenten Griechenlands. Erfolg auf ganzer Linie und in allen Bereichen. Das war sein Traum. Er selber hatte es nicht geschafft, nun sollte sie für ihn diesen Traum wahr machen. Mit ihrem Schweiß, ihren Tränen und ihrem Leben. Es kotzte sie an.

Und es gab noch etwas, an das sie sich immer erinnern würde, sobald sie einen Schläger in die Hand nahm. Andere Augen auf ihr, ein ganz anderer Blick.

»Nicht schlecht, dein Aufschlag. Kennst du Monica Seles noch? Die Tennisspielerin?«

Sie hatte überlegt, dann den Kopf geschüttelt.

»Uns scheinen altersmäßig wohl ein paar Jahre zu trennen.«

»Ich gucke nur nie Tennis. Es reicht, dass ich täglich auf den Platz gescheucht werde.«

»Du platzierst den Aufschlag ganz ähnlich wie sie. Ziemlich vielversprechend, sie war eine der ganz Großen. Aber dein Stöhnen beim Schlag ist wesentlich attraktiver.«

Kalypso war eine leichte Röte ins Gesicht gestiegen. Sie musterte die Frau genauer. Es konnten nur wenige Jahre sein, die sie altersmäßig trennten. Und bei näherer Betrachtung hatte sie sie auch schon gesehen.

»Du trainierst die Kids, oder?«

»Nicht nur. Ich trainiere jeden, der mich bucht.« Die Zweideutigkeit bildete sich Kalypso sicher nur ein.

»Du bist sicher eine angenehmere Trainerin, als mein Vater.«

»Ja, der scheint ein ziemlicher Despot zu sein. Man hört ihn an manchen Tagen bis ins Büro schreien.« Da war eine Spur von Mitleid in ihrem Blick, die Kalypso nicht behagte. Sie wollte nicht, dass sie jemandem leidtat. Also hob sie den Kopf und sah die Frau herausfordernd an. »Ich komm schon klar.«

»Klar tust du das.« Die Antwort, gepaart mit einem warmen Lächeln, entwaffnete Kalypso sofort.

»Ähm …«

»Ich bin übrigens Hellena.« Die Hand, die sich ihr entgegenstreckte, war warm. Klein, zart, aber fest zupackend. Und sie passte nahezu perfekt in ihren eigenen Händedruck.

»Kalypso.«

»Ich kenne nur zwei Frauen dieses Namens. Die eine ist die Tochter des Titanen Atlas, die andere die Tochter des Olivenöl-Titanen Floros.«

»Nicht schwer zu raten, welche ich dann wohl bin.«

»Ein schöner Name – auch wenn dein Vater durchaus Allmachtsfantasien zu haben scheint.« Hellena zwinkerte ihr zu, und wieder konnte Kalypso ihr nicht böse sein.

»Dein Name ist ja nun auch kein unbekannter. Die schöne Hellena …«

»Ich nehme das als Kompliment.«

»Öhm … ja, das kannst du. Denn es ist ja zutreffend.« Fast

hatte sie es wiedergefunden, ihr „Flirty Self". Aber da war etwas an dieser Frau, das sie verwirrte – auf eine angenehme Art. Ein Lächeln begann sich auf ihren Lippen auszubreiten, als sie die Stimme ihres Vaters im Rücken hörte.

»Floros Junior, aufs Feld mit dir. Wir sind ja nicht zum Spaß hier.«

»Nein, das nun wirklich nicht.« Es entschlüpfte ihr ungewollt, während sie die Stirn runzelte. Aber die Frau ihr gegenüber lachte leise auf.

»Na, dann lauf. Aber wenn du mal Spaß haben willst dabei – melde dich bei mir.«

Dieses Mal hatte sie sich das Funkeln in den Augen ihres Gegenübers nicht eingebildet. »Gern.«

***

Der Ball donnerte gegen die Wand, wieder und wieder. Kalypso keuchte, aber ließ nicht ab, bis sie ihn schließlich verfehlte. Erst dann ließ sie den Schläger sinken und ging auf die Knie, um zu Atem zu kommen.

Das Schicksal hatte zwei Seiten – so wie jede Medaille, die an der Wand ihrer Wohnung hing. Aber die persönlichste hatte auf jeder Seite ein Gesicht und war nicht vergoldet. Sie war aus dem Holz der Olivenbäume geschnitzt, und hing statt an der Wand um ihren Hals. Und forderte täglich ihren Tribut. Die Kraft, weiterzugehen. Das Vermächtnis, das nun sie auf ihren Atlasschultern trug.

Beide Menschen hatten sie geformt, geschliffen wie einen Stein. Ihre Fingerabdrücke waren auf ihrer Seele. Sanft und hart, unerbittlich und liebevoll. Sie wäre nicht, wer sie war. Sie war alles durch die beiden. Ihre Schwäche und ihre Stärke.

Das eine Gesicht schaute sie unerbittlich an, hart, fordernd, gnadenlos. Als erwartete er noch immer, dass sie ihm gehorchte. Das andere Gesicht hingegen war abgewandt, den Blick in die Ferne gerichtet. Wie sehr sie sich wünschte, dass Hellena sie noch ein einziges Mal anschauen würde. Mit der Wärme, der Zärtlichkeit, der unbändigen Kraft ihres Wesens. Wie verzweifelt man sich etwas wünschen konnte, von dem man wusste, dass es nie wiederkehren würde.

ZEHN

„Ich würde dich gerne wiedersehen. Und hören. Sag Bescheid, wann dein Dienstplan – oder das Meer – dich aus seinen Armen entlässt. Die nächsten zwei Abende wären bei mir möglich."

„Und mit hören meine ich meinen Namen. Laut und atemlos. Wieder und wieder."

„Bestehst du wieder auf einen Bikini?"

„Untersteh dich."

***

Das Bild über dem Kamin erregte Isas Aufmerksamkeit. Es sah aus wie ein altes Gemälde. Orpheus, der Eurydike aus der Unterwelt rettete. Aber bei näherem Hinsehen waren es eindeutig zwei Frauen. Statt Orpheus zeigte es ganz eindeutig die Hausherrin. Kalypso. Und sie blickte sich um, nach der wunderschönen Frau, die Eurydike verkörperte. Als Orpheus sich umgeblickt hatte, verlor er seine Geliebte für immer. Hatte Kalypso das damals auch getan? Oder tat sie es noch immer?

Hellena. Die Unterschrift in der rechten, unteren Bildecke war schwungvoll, aber leserlich. *Die schöne Hellena.* Wenn sie nur entfernt Ähnlichkeit mit der Person hatte, die auf dem Bild Eurydike darstellte – dann war es eine Frau, für die fast jeder Himmel und Erde in Bewegung setzen würde. In die Unterwelt hinabsteigen würde. Und sie nicht vergessen konnte. Da konnte sie brausen gehen.

»Alles in Ordnung, Bella?« Kalypso war unbemerkt an sie herangetreten.

»Ja. Ich bewundere nur das Bild. Es ist wirklich wunderschön.«

»Das ist es. Kommst du mit hinaus? Ich habe uns Kaffee

gemacht.« Keine Erklärung. Ein weiteres Geheimnis dieser
Frau. Und wahrscheinlich das größte Geheimnis.

***

»Pallas Athene und ich haben uns übrigens auf etwas geeinigt,
was wir sonst nicht tun.« Die Griechin blickte Isa an. In ihren
Augen tanzte eine Mischung aus Zögern und Entschlossenheit.
»Wir sind normalerweise sehr zurückhaltend in der Aufnahme
von Übernachtungsgästen. Aber da deine Anwesenheit sowohl
dem kleinen Tiger als auch mir zusagt … « Sie zögerte einen
Moment, und als sie weitersprach, war ihre Stimme fast
kindlich weich. »Wenn du also magst, bist du herzlich gern
eingeladen, über Nacht bei uns zu bleiben. Athene macht uns
Frühstück.« Ein Zwinkern, aber ohne die übliche
Selbstsicherheit.

Isa schwieg einen Moment, um sich zu sammeln. Sie wusste,
was sie für die Zakynthin war, und was sie wohl nie werden
würde, aus welchen Gründen auch immer. Griechische
Gottheiten waren schon immer undurchschaubar.

Unberechenbar. Nun dieses Angebot zu bekommen, mit dem
eindeutig eine bisherige Grenze überschritten wurde, war ein
unglaublich schönes Gefühl – aber barg auch das Risiko in
sich, dass sie sich zu nahe kommen würden. Eine feine Linie,
auf der der Tanz zwischen Nähe und Distanz schnell den
freien Fall bedeuten konnte.

»Ich bleibe sehr gern«, sagte sie schließlich leise.

»Es bedeutet nicht mehr als das, Bella. Wir freuen uns über
deine Gesellschaft. Und ich bin außerdem ein großer Fan von
nächtlichem Sex. Stell dich also darauf ein, dass du nicht
durchschlafen wirst.« Kalypso zuckte nonchalant und fast
entschuldigend mit den Schultern. »Aber es beinhaltet kein
Versprechen meinerseits, und keine Verpflichtung deinerseits.
Es wäre lediglich ein etwas … intimeres Arrangement.«

»Ich weiß, was es ist und nicht ist. Und die Freude an eurer
Gesellschaft ist ganz auf meiner Seite.« Sie durfte sich nur
einfach nicht verlieben. Ganz einfach. *Pustekuchen.*

»Und noch etwas. Auch wenn ich es kaum erwarten kann,
dich zu spüren – ich würde gern etwas mehr über dich wissen.
Jetzt, nachdem ich weiß wie du schmeckst, stöhnst, dich

anfühlst. Was bringt dich noch auf Touren?«

»Tja …« Isa musste die Art der Fragestellung einen Moment verdauen. »Viele Dinge, denke ich. Auch wenn mich nicht alle so lautstark meine Begeisterung äußern lassen.« Sie mochte es, wenn Kalypso, wie jetzt, schmunzelte.

»Mein Job bringt mich auf Touren. Auch nach der Premiere ist jede Vorstellung ein Nervenkitzel. Man will etwas Gutes abliefern, die Leute mitreißen. Sie zum Nachdenken oder Lachen bringen. Ich leiste nichts Lebensnotwendiges, aber ich denke doch, etwas Sinnvolles. Es ist ein Luxus, diesen Beruf ausüben zu können – und auch, sich selber zu erlauben, davon zu leben. Traumtänzer mit leeren Taschen und glücklichem Herzen.« Sie lächelte und nahm einen Schluck Kaffee. »Auch wenn ich manchmal fluche, ich habe nie etwas anderes tun wollen.« Sie hielt in ihren Gedanken inne. »Bist du glücklich mit dem was du tust?«

Kalypso nickte. »Man könnte denken, dass ich keine Wahl hatte, weil ich in die Firma hineingeboren bin. Aber ich habe mir nie etwas aus dem Erfolg des Namens gemacht. Ich hätte verkaufen können, sobald die Firma mir gehörte. Vielleicht hätte ich es auch getan, wenn es um ein anderes Produkt gegangen wäre. Gründe dafür gab es genug. Doch die Wurzeln der Olivenbäume sind auch meine Wurzeln, falls du verstehst. Wir sind beide derselben Erde entwachsen. Und das macht die Verbundenheit aus. Wir gründen auf dem gleichen Boden, wir ernähren uns gegenseitig. Das ist das eigentliche Erbe. Der Name ist nur das Etikett.« Die Griechin beugte sich vor. »Literatur? Musik?«

»Von beidem viel. Gern die doppelte Portion. Und quer durchs Beet.«

»Was hältst du von quer durchs Bett?«

»Wie ich schon sagte: viel.«

»Doppelte Portion?« Kalypsos Blick brannte auf Isas Haut. »Unbedingt.«

***

Der helle Schopf der Griechin tauchte zwischen Isas Beinen auf, und ein breites, selbstzufriedenes Grinsen lag auf Kalypsos Lippen. »Du bist unersättlich. Das gefällt mir. Ich könnte dich über Stunden verführen, und du würdest nicht einen Moment genug von mir bekommen.« Sie legte sich neben Isa und zog sie mit dem Arm zu sich heran. »Aber ich denke, ich gönne dir ein paar Stunden Schlaf, bevor ich dich erneut vernasche.« Die Griechin gab ihr einen Kuss auf die Stirn, bevor sie ihren Kopf ins Kissen sinken ließ. Ein leises Lächeln breitete sich auf ihrem Gesicht aus. »Du bebst noch immer.«

»Mhm. So ist das, wenn eine griechische Göttin ihre Macht zeigt.«

Kalypso lachte leise. »Schön gesagt. Und ein Kompliment.«

»Ich denke, ich brauche dir nicht zu sagen, was du mit mir machst.«

Wieder das leise Lachen. Isa mochte den Klang.

»Allerdings. Du bist da mehr als deutlich. Aber auch ich mag es, wie du mich berührst.« Ihre linke Hand strich sanft über Isas nackten Oberarm. »Aber jetzt schlaf ein bisschen. Ich werde dich nämlich noch vor dem Morgengrauen wecken.«

Und das tat sie – auf unnachahmlich schöne Art. In der Dunkelheit der Nacht atmeten sie gegenseitig ihre Lust ein, ließen ihre Hände in das fremde und doch schon vertraute Nass tauchen, schluckten ihr Stöhnen und sahen miteinander die Sterne, bevor sie wieder Arm in Arm einschliefen.

***

»Hast du dir schon ein bisschen was von der Insel angesehen?« Kalypso reichte ihr eine Tasse mit dampfendem Kaffee und setzte sich ihr gegenüber.

»Ehrlich gesagt, seit unserem Ausflug bin ich noch nicht dazu gekommen. Aber ich habe mir für die nächsten Tage einen Scooter gemietet.«

»Eine gute Idee. Und ich hätte auch eine. Es gibt eine wunderschöne Taverne, mit unglaublich gutem Essen. Übermorgen Abend?«

»Sehr gern.«

»Fein. Und jetzt trink deinen Kaffee aus. Nach der sehr körperlichen Nacht habe ich uns erlaubt, etwas auszuschlafen. Aber jetzt muss ich los.«

Vor der Tür verabschiedete sich die Griechin mit einem

langen, tiefen Kuss. »Ich habe schon wieder Lust auf dich.«

Ein geflüstertes Geständnis. »Wir sehen uns übermorgen.«

ELF

»Hey Gran.« Kalypso schob die Tür einen Spalt weiter auf und lehnte sich in den Türrahmen. Sie wartete, bis die blassblauen Augen ihrer Großmutter in ihre Richtung blickten.

»Bist du das, Eleni?« Ihre Oma nannte sie immer nur bei ihrem zweiten Taufnamen. Sie war die Einzige seit Hellena, und eine der wenigen, die diesen Namen kannten. Der vertraute Klang milderte etwas den Stich, den Kalypso verspürte, als sie merkte, dass der Blick vergebens versuchte, sie zu fokussieren. Diese blauen Augen, die so fröhlich zu funkeln wussten, waren fast gänzlich erloschen.

»Ja, ich bin es. Wie geht es dir heute?«

»Nun, es geht. Ich will nicht klagen. Die Beine sind heute etwas schwer, aber sie tragen mich noch.«

Diese Genügsamkeit hatte sie nie gemeistert. Sie verzieh sich selber keine Schwäche, außer Hellena, und duldete keine Ungerechtigkeiten, die sie auch nur in irgendeiner Weise an ihren Vater erinnerten. Und erlaubte sich selber keine Unzulänglichkeiten. Makellos, um wenig Angriffsfläche zu bieten. An Marmor prallten Geschosse ab. Aber innerlich bewunderte sie ihre Großmutter, die trotz der offensichtlichen Gebrechlichkeit des Alters, trotz der vielen Entbehrungen ihres Lebens erhobenen Kopfes vor ihr stand. Und mit ihrem gebeugten Rücken, ihrem schwindenden Augenlicht und ihren vielen Falten so viel stärker und unbeugsamer wirkte, als sie es jemals sein konnte. Vielleicht, weil sie aufgehört hatte, gegen Windmühlen zu kämpfen, oder weil sie keine Angst mehr vor dem Tod hatte. Vielleicht aber auch, weil sie inzwischen so sehr mit dieser Erde verwurzelt war, dass sie daraus Kraft schöpfen konnte, wie die uralten Olivenbäume selber. Gebeugt überstand man die Stürme des Lebens oft besser.

»Und wenn wir dir so langsam ein hübsches Zimmerchen in einer Pension suchen? Oder du ziehst zu mir, ich habe Platz genug.«

»Mädchen, ich will dir nicht zur Last fallen. Und einer muss
doch ein Auge auf die Olivenhaine haben.«

»Die laufen schon nicht weg, Gran. Wir könnten sie doch
auch verpachten. Oder verkaufen. So viel bringen sie nicht ein.
Die Firma hat genug Haine.«

Ihre Großmutter schüttelte empört den Kopf. »Gehörst du
inzwischen zu denen, die nur an Profit denken, Eleni? Hab' ich
dich nicht gut genug erzogen? Die Haine sind seit Jahren in
Familienbesitz. Wir haben um sie gekämpft, uns um sie gesorgt,
sie gehegt und gepflegt. Die Bäume hinterm Haus sind
zusammen mehrere tausend Jahre alt. Schweiß und Blut deiner
Ahnen laufen durch dieses Holz. Den Teufel werde ich tun, das
aus der Hand zu geben. Das Gold der Ernte, Eleni. Das frische
Öl aus eigenem Anbau – willst du das missen?« Sie hatte recht.
Wie so oft.

»Dann kümmere ich mich drum. Ein paar Bäume mehr oder
weniger machen nichts aus.«

»Du hast doch genug um die Ohren. Und du siehst ja, ich bin
alt und sturer als so mancher Ziegenbock. Es wird nicht leicht
werden.«

»Leicht lag noch nie in unserer Familie, Gran. Ich denke, damit werde ich fertig.« Kalypso runzelte die Stirn und dachte nach. »Vielleicht machen wir eine Special Edition. Χρυσό - Gold. Handgepresst, wie früher, auf den kleinen, musealen Maschinen. Von hunderte Jahre alten Bäumen. Was meinst du?«

Die alte Frau schwieg eine Weile, dann legte sich ein verschmitztes Lächeln auf ihre Lippen, welches sie um Jahrzehnte jünger aussehen ließ. »Das klingt schon eher nach meiner Enkelin. Den Geschäftssinn ihres Vaters, das Kalkül ihrer Mutter – und die Kreativität ist natürlich von mir.«

»Das Beste ist von dir, giagiá.«

Die alte Frau kicherte. »Und ich hoffe, dir davon genug vererbt zu haben.« Ihr Blick wurde ernst. »Ich übergebe dir die Haine, vorausgesetzt, du gehst damit in meinem Sinne um. Aber ich werde noch nicht zu dir ziehen. Einen alten Baum zu verpflanzen braucht etwas Vorbereitungszeit. So lange ich hier zurechtkomme, bleibe ich. Sollte es nicht mehr gehen, werde ich aber nicht zu stolz sein, und es dich wissen lassen. Einverstanden?«

»Das klingt ganz nach meiner Sippschaft.« Kalypso musste lachen. »Genauso machen wir es. Und nicht anders.«

Der verbeulte Wasserkessel auf dem Herd pfiff, und ihre Großmutter ging langsam hinüber, um den Kaffee aufzugießen. Sie würde es sich, solange es ging, nicht nehmen lassen, ihre Enkelin zu bewirten. *Mein Haus, mein Herrschaftsbereich. In der Küche rührst du keinen Finger, wenn ich dich nicht darum bitte.*

»Wie geht es dir sonst?« Ihre seit Jahren zitternden Hände stellten die Kaffeetassen auf den Tisch, ohne einen Tropfen zu verschütten. Auf der Untertasse lag eine kleine, selbstgebackene Skaltsounia – eine Teigtasche, mit Trockenobst und Walnüssen gefüllt. Ihre Großmutter wusste, wie sehr sie sie als Kind geliebt hatte. Und sie hatte ihr sicher wieder ein paar davon zum Mitnehmen eingepackt.

»Ich habe eine ungewöhnlich interessante Frau kennengelernt.«

Die Augen ihrer Großmutter zogen sich zusammen. Auch ohne die frühere, klare Sicht fast musternd. Abwartend, als ob sie dem Frieden nicht traute. Und sie hatte Recht. »Und? Lässt du sie hinein?«

Kalypso seufzte. »Sie wäre es wert.«

»Eleni, du bist ein Narr. Das Leben schenkt dir so viele Chancen auf einen neuen Anfang, und du hältst an einem Ende fest. Vorbei ist vorbei, so ist das Leben.« Die Augen ihrer Großmutter waren stürmisch wie das Meer bei Nacht. »Hellena ist fort, doch sie wird für immer bei dir sein. Das sind die beiden Seiten der Wahrheit, da wird all dein Kämpfen nichts dran ändern.«

»Ich weiß.«

»Und da wird auch eine neue Frau nichts dran ändern können. Vergangenheit und Gegenwart können ganz gut nebeneinander stehen, wenn sie sich in der Gegenwart auf Augenhöhe begegnen. Sich die Hand reichen.«

»Ich habe mich zu oft umgedreht nach ihr, Gran. Hades' Unterwelt gibt mich nicht mehr frei.«

»Hades ist genauso bezwingbar wie alle anderen Götter des Olymp. Du gehörst ihm nicht wirklich, so lange dein Herz schlägt. Also biete ihm einen Handel an, trickse ihn aus. Aber gib ihm nicht die Schuld dafür, dass du eine Vergangenheit, für die du dankbar sein dürftest, zu deinem persönlichen Styx gemacht hast. Zahl den Fährmann aus und lass Hellena endlich übersetzen. Es ist Zeit.«

Kalypso schwieg. Ihre Großmutter legte ihr behutsam die Hand auf den Kopf. »Genug Tadel, Mädchen. Trink deinen Kaffee, bevor er kalt wird.« Ihre Art, ihr zu zeigen, wie sehr sie sie liebte. Erst zu recht schelten, aber sie dann ohne weiteres von der Leine lassen.

»Ich hab' dich lieb, Gran.« Es war so leicht, ihrer Großmutter diese Worte zu sagen, die sonst wie Steine in ihrem Magen lagen.

»Und ich dich.«

ZWÖLF

»Die Sonnenuntergangstaverne, wie wir sie unter uns nennen.«
Kalypso hielt ihr die Autotür auf.

»Der Wirt Dias ist ein ehemaliger Pfarrer. Aber wenn du mich
fragst, ist es ein wahres Geschenk, dass er Wirt geworden ist.
Wenn er nun fabuliert, hat man dabei zumindest was zu
speisen. Und die Aussicht ist traumhaft.«

»Aaaaah, Kalypso Floros – und noch dazu in so reizender
Begleitung.« Der kleine, etwas rundliche Mann kam mit weit
ausgebreiteten Armen auf sie zu, und fast war Isa erstaunt,
dass Kalypso die Umarmung ebenso herzlich erwiderte. Wo sie
sich sonst doch recht distanziert verhielt. Aber als auch sie in
dieser Herzlichkeit ertränkt wurde, die nach herbem Parfum

und Ouzo roch, wusste sie, dass man ihr wohl nicht entkam. Und dass sie in ihrer Ehrlichkeit über die normale Gastfreundschaft eines Wirtes hinausging. Dieser Mann hatte das Herz am rechten Fleck.

»Da drüben, der Tisch hat die schönste Aussicht. Und einmal alles, wie immer? Griechischer Salat, Scampi, Tsatsiki, Ofenkäse?«

»Alles, was du empfehlen kannst, Costas.«

»Dann alles, was die Küche heute zu bieten hat. Wein?«

»Einen leichten Weißen, danke dir.«

»Die Griechen und ihre Sagen. Du denkst sicher, das meiste ist erfunden. Aber lass mich dich überraschen. Du kennst die Sage von Atlantis? Von Platon überliefert?«

Isa nickte.

»Nun, diese Geschichte ist wahr, so wie Platon drauf besteht. Modernste Forschungen deuten darauf hin.« Er zwinkerte ihr zu, und verschwand noch einmal vom Tisch, um mit einem Teller gekochter Scampi und einer weiteren Flasche Wein zurückzukommen. Dann setzte er sich ungefragt zu ihnen. Isa sah ihre griechische Göttin an, die grinste und mit den Schultern zuckte. Ihr Blick sprach aus, was sie dachte. *Das war zu erwarten. Genieß die Fahrt.*

»Also, laut Platon befand sich Atlantis jenseits der Säulen des Herakles, die die Straße von Gibraltar, die Verbindung zwischen Mittelmeer und Atlantik umfassen. Daher nahm man lange Zeit an, dass Atlantis, wie auch der Name andeuten mag, sich im Atlantik befunden haben muss.« Dias lehnte sich zurück, um wie ein guter Erzähler die Spannung wirken zu lassen, bevor er die Auflösung gab. »Nun wäre es aber auch möglich, dass der Name nichts mit dem Meer, in dem diese Insel lag, zu tun hat, sondern mit dem Namen des erstgeborenen Sohnes von Poseidon und der sterblichen Kleito – Atlas. Er teilte sich die Herrschaft mit seinen neun Brüdern, und herrschte über das Zentrum der Insel. Des Weiteren heißt es, dass das sagenumwobene Atlantis von Wasser und Land in Ringen umgeben war. Und nun gibt es eine Insel, nicht unweit von hier, die genau der Beschreibung entspricht.« Wieder blickte er sie beide an, dieses Mal erwartungsvoll.

Kalypso griff nach dem Tablett mit den Scampi und häufte

einige von ihnen auf Isas Teller. »Wir sollten essen, sonst wird es kalt, bevor der gute Pfarrer mit seiner Geschichte fertig ist.« Sie füllte ihren Teller ebenfalls, dann blickte sie Dias an, der sie noch immer schweigend ansah. »Ich würde behaupten, dass du auf Santorin anspielst.«

»Richtig. Santorin, früher Thera genannt. Die Hauptinsel Nea Kameni, die „neue verbrannte", liegt, von einer wassergefüllten Caldera umgeben, die wiederum von Inseln umgeben ist, somit in Ringen aus Wasser und Land. Santorin mag etwas klein sein, um der überlieferten Größe von Atlantis zu entsprechen, aber was, wenn sie nur ein Teil dieses Inselreiches war, und ein weiterer Teil sich auf Kreta befand? Wenn Atlantis ein Reich der minoischen Kultur war, die sowohl in der alten Stadt Akrotiri auf Santorin, als auch in den Städten Knossos und Roussolakkos auf Kreta archäologisch nachgewiesen wurde?« Er pausierte einen Moment, um ihnen allen von dem Wein nachzuschenken. »Später jedoch, als ungeheure Erdbeben und Überschwemmungen eintraten, versank während eines einzigen Tages das ganze streitbare Geschlecht scharenweise unter die Erde. Ebenso die Insel

Atlantis, indem sie unter das Meer versank. So spricht Platon. Und es gab ein Ereignis zu genau der Zeit, und es besiegelte das Ende dieser großen Streit- und Handelsmacht. Die minoische Eruption, Ende des 17. Jahrhunderts vor Christi. Der Vulkan der Insel Santorin, oder Thera, brach aus, mit einer ungeheuren Macht, die einen Tsunami auslöste. Diese Flutwelle brach mit einer Wucht auf Kreta ein, erreichte sogar die Küste Israels und radierte die gesamte Flotte, die in zahlreichen Häfen lag, aus. Die minoische Kultur existierte zwar noch weiter, aber mit diesem Ereignis nahm ihr Einfluss ab, und ihr Niedergang war unaufhaltsam. Atlantis war untergegangen.«

»Ist das bewiesen, oder bloße Theorie?« Kalypso sah Dias mit einem kleinen Schmunzeln an. »Eine Allegorie, wie du sie bei deinen Predigten verwendet hast?«

»Nun, es ist eine Theorie, die allerdings nicht auf meinem Mist gewachsen ist. Und mir die wahrscheinlichste dünkt. Aber, um forschungsgetreu zu bleiben: 1975 führte schließlich ein prominenter französischer Ozeanograph dahingehend weitere Untersuchungen durch, die allerdings keine neuen

Erkenntnisse brachten. So erklärte er schließlich ein Jahr später, Atlantis müsse eine Erfindung Platons sein. Diese Skepsis mag damit zu tun haben, dass sein Forschungsschiff „Calypso" hieß. Eine Skeptikerin und Realistin vor dem Herrn.« Er zwinkerte Kalypso zu, die nur leicht den Kopf schüttelte.

»Kolotripida.«

Dias brach in lautes Lachen aus und hob sein Weinglas zum Salut. »Der Wein steigt meinen Gästen wohl zu Kopf. Ich denke, es ist an der Zeit, mich zurückzuziehen. Aber wie auch immer, ob man diese Theorie zu Atlantis glauben mag oder nicht, fest steht, dass die Suche nach der versunkenen Stadt wahrscheinlich noch weitere Generationen beschäftigen wird.« Er erhob sich und klopfte zum Gruß auf den Tisch. »Genießt noch den Abend, und vor allem den Sonnenuntergang. In ein paar Minuten sollte es soweit sein.«

Sie blickte sich zu Kalypso um. Die Griechin saß lässig zurückgelehnt in ihrem Stuhl, und blickte sie mit einem leisen Lächeln an. Sie war wunderschön in ihrer entspannten Coolness.

Und plötzlich wusste Isa um die Gefahr. Diese Frau durfte nur ein Abenteuer sein, musste genau das bleiben – aber sie fühlte sich auf eine so unglaublich vertraute Art nach Zuhause an.

Isa wusste, dass sie wieder fallen würde. Es war zu spät, nichts würde sie mehr davor bewahren. *Genieß den Abend. Genieß die Fahrt.*

Und als Kalypso aufstand und ihre Hand ausstreckte, damit Isa sie ergriff, um dann mit ihr und der Flasche Wein in der anderen Hand in die abendliche Stimmung hinauszutreten, wünschte sie sich, dass sie die Zeit anhalten konnte.

»Sonnenuntergänge sind, in all ihrer Schönheit, immer ein Abschied. Lass ihn uns gebührend genießen, nach diesem wunderschönen Tag.« Die Griechin wirkte etwas melancholisch, als sie neben ihr auf dem Fels Platz nahm. Ebenso melancholisch gefärbt waren ihr Kuss und die Umarmung, mit der sie Isa an ihren Körper heranzog, um schweigend mit ihr auf das blutrote Meer hinauszusehen. Vielleicht war es der Wein, vielleicht wirklich der Abschied vom Tag, aber auch Isa spürte eine nicht unangenehme Schwere in ihrem Herz. Alles ging zu Ende, aber alles war gut. Und morgen war ein neuer Tag. Obwohl sie nicht glaubte, dass Kalypso sie heute Abend im Hotel abliefern würde. Ihre Finger waren schon wieder vorwitzig, und schlüpften unter Isas Shirt, kaum dass die Sonne hinter dem Horizont verschwunden war.

»Lass uns zu mir fahren.« Das leise Murmeln gegen ihre Wange war fast eine Liebkosung. »Ich begleiche noch die Rechnung, warte beim Auto auf mich.«

»Ich werde mich noch kurz von Dias verabschieden.« Isa erhob sich ebenfalls. »Und du musst mich nicht immer einladen, ich komme mir fast ausgehalten vor.«

Die Griechin trat einen Schritt näher und legte ihr den Finger auf die Lippen. »Kein Wort. Du bist mein Gast. Genieße es, und zerstöre den Moment nicht mit unnötigen Gedanken. Okay?« Sie wies ihr, vorauszugehen. »Pass auf, dass er die Umarmung nicht ausreizt.«

»Er wird es nicht wagen, da du mir ja den Rücken freihältst. Ich denke, er hat Respekt vor dir. Wie jeder hier auf der Insel.«

Kalypso küsste sie, ohne zu antworten. Fordernd, hart, ihre Hand für einen Moment in Isas Haaren vergrabend. »Beeil dich, ich will dich unter mir. So schnell wie möglich.«

DREIZEHN

Sie hielten ihre Beziehung vor ihrem Vater geheim, was über sehr lange Zeit gut ging. Gran war nicht nur ihre wahre Familie, sondern auch eine der besten Geheimnishüterinnen der Welt. Aber irgendwann reichte es Kalypso. Sie war die Erbin, die einzige Tochter. Sie hatte dabei geholfen, die Träume ihres Vaters Gestalt annehmen zu lassen, hatte zurückgesteckt, wann immer es nötig war. In diesem Fall würde sie keinen Diener machen – und nicht länger um eines ohnehin brüchigen Friedens willen den Mund halten.

»Und wenn er spinnt, dann hauen wir ab. Soll er sich jemand anderen suchen. Ich bin in zwei Wochen achtzehn, dann kann er mich sowieso mal, wenn es dann weiterhin nach seiner Nase gehen soll. Ich habe lange genug gebuckelt.« Ihre Augen funkelten wütend. Hellena legte ihr die Hand in den Nacken, eine Berührung, die sie immer augenblicklich beruhigte.

»Soll ich mitkommen?«

»Nein, das muss ich alleine regeln. Außerdem soll er deine Schönheit erst zu Gesicht kriegen, wenn er uns akzeptiert.« Kalypso nahm das Gesicht ihrer Geliebten zwischen die Hände und küsste sie sanft. »Da gibt's keinen Vorschuss.«

»In jedem Menschen ist Sonne. Man muss sie nur zum Leuchten bringen.« Hellena zitierte Sokrates mit einem Lächeln – und um ihr Mut zu machen.

»Oh, du kennst meinen Vater nicht. Das schwarze Loch des Südens.« Kalypsos Versuch eines schiefen Lächelns wischte augenblicklich jenes von Hellenas Lippen.

»So schlimm?«

»Ich fürchte schlimmer. Aber ich schaffe das schon.«

»Du schaffst alles, meine Schöne.«

***

Sie hatte mit einer Menge gerechnet. Mit einem Wutausbruch

vielleicht. Oder einer endlosen Diskussion. Aber nicht mit diesem eisigen Schweigen.

»Hast du gehört, was ich gesagt habe? Ich liebe sie. Und es ist mir egal, ob dir das in den Kram passt oder nicht. Denn ich werde mir niemand anderen suchen. Das ist die Frau, mit der ich alt werden will.«

Ihr Vater blickte sie nicht an. »Ich habe mir immer einen Sohn gewünscht, der mir eine schöne Schwiegertochter schenkt. Mit Wünschen sollte man wohl vorsichtig sein.«

»Wie meinst du das?«

Als sein Blick endlich den ihren traf, war die Kälte in seinen Augen sibirisch. »Du bist eine Frau, die Tochter eines Giganten. Und du wählst dir eine Gespielin, keinen Herrscher. Das hast du wohl von mir, dich nicht unterordnen zu wollen. Aber dass mein Erbe in den Händen einer Frau liegt, ist wohl noch nicht Strafe genug. Es sollen zwei Frauen sein.«

»Hörst du dir gerade selber zu?«

»Das ist nicht nötig, denn nur du sollst mir zuhören, Floros Junior. Wenn du die Frau nicht innerhalb der nächsten Tage loswirst, dann werde ich mein Testament ändern.«

Er drohte ihr. Allen Ernstes. Nach allem, was sie für ihn getan, durch ihn ertragen hatte. Weil sie eine Frau war. Und eine Frau liebte. Steinzeit und Egomanie in Reinform.

»Dann tu, was du nicht lassen kannst, Vater. Denn du hast genug bestimmt, was mir gut zu tun hat, was mir zu Gesicht steht, was ich zu tun und zu lassen habe. In vierzehn Tagen bin ich volljährig. Wenn du mich wirklich enterben willst, weil dir nicht passt, wen ich liebe, dann verlasse ich herzlich gern dein Leben. Am besten gleich diese Insel. Wenn es so unerträglich für dich ist, dann geh ich dir aus den Augen.«

Ihr Vater hielt dem Blick ihrer wütend funkelnden Augen regungslos stand, und sie hatte ihre Antwort. Das Lebewohl ersparte sie ihnen beiden.

***

Sie heirateten in Athen, nur in Anwesenheit eines Pfarrers. Das rauschende Fest würden sie nachholen, sobald sie etwas Geld hatten. Während Hellena in einem Tennisverein als Trainerin jobben konnte, verdingte sich Kalypso als

Servicekraft in einem der zahlreichen Cafés. »Den Schläger
nehme ich erst wieder freiwillig in die Hand, wenn der alte
Herr abgedankt hat.« Hellena hatte nichts weiter dazu gesagt,
auch nicht, als sie bemerkte, dass sich Kalypso regelmäßig über
ihren Vater und die Firma informierte. Jeder focht seinen
eigenen inneren Kampf. Aber wann immer ihre stolze Geliebte
die Hand ausstreckte oder ihren Kopf auf ihrer Brust ruhen
ließ, versuchte sie, ihr so viel Frieden und Kraft zu geben, wie
sie konnte.

Das Leben war einfacher als das zuvor – in jeder Hinsicht.
Während Kalypso Hellena in ihren Anfängen feudal zum
Essen ausgeführt hatte, gab es jetzt Selbstgekochtes, oder Gyros
Pita von einem der Imbisse. Sie hatten keine Terrasse, nur
einen winzig kleinen Balkon, der auf die Hauptstraße
hinausging. Dafür hatten sie das Meer, wenige Gehminuten
entfernt. Sie hatten gelegentliche Geldsorgen, die Kalypso
anfangs in den Wahnsinn trieben, doch später kaum zu mehr
als einem Achselzucken führten. Denn sie hatten sich. Kalypso
hatte sich noch nie so wohl gefühlt, so geborgen wie an
Hellenas Seite. Zur Einzelkämpferin erzogen, mit

Konkurrenzdenken und Machtfantasien geimpft, war es erstaunlich schön zu sehen, wie wenig es ihrem eigentlichen Wesen entsprach. Und wie leicht sie es im Alltag ablegen konnte. Hellena wusste, wem zu verdanken war, dass ihre schöne Griechin fest verankert in den wirklich wichtigen Dingen stand. Wer dafür gesorgt hatte, dass ihr Herz nicht hart und kalt wurde, wie das ihres Vaters. Und sie wusste, dass Kalypso diese Person als einzige vermisste. Ihre γιαγιά. Aber ihr Stolz verbot ihr, nach Zakynthos zurückzukehren. Und der Stolz war das, was sie von ihrem Vater geerbt hatte. Diesen elenden Dickschädel.

»Wir sind wie Philemon und Baucis. Arm, aber glücklich. Starke Bäume im Sturm des Lebens.«

Kalypso lachte. »Du spinnst.«

»Ich liebe deinen Sinn für Romantik, Eleni.«

»Und ich liebe dich.«

Und dann starb ihr Vater. Sein Tod kam für sie beide unverhofft, aber brachte Erlösung. Plötzlicher Herzstillstand. Er war mitten in seinem Büro umgefallen. »Wer auch immer ihm das Zyankali verabreicht hat – es wurde Zeit.« Kalypso meinte, was sie sagte, auch wenn in ihr widerstreitende Gefühle kämpften. Er hatte ihr nicht nur ihre Kindheit gestohlen, sondern auch ihre Heimat. »Zumindest kann man mich als Tatverdächtige ausschließen.«

Überraschend war allerdings, dass er sein Testament wohl nicht geändert hatte. Noch immer stand seine Tochter als Alleinerbin fest. Als Kalypso das erfuhr, schloss sie sich den halben Tag in ihrem Zimmer ein. Hellena war sich sicher, dass sie nun doch einige Tränen für ihn weinte. Aber sie wusste es besser, als sie zu fragen.

»Kommst du wieder mit zurück?«

»Glaubst du, ich lasse mir eine reiche Frau durch die Lappen gehen? Endlich ist der Tag da, auf den ich von Anfang an gewartet habe. Hummer und Schampus.«

Die Tränen der Wiedersehensfreude mit ihrer Großmutter trug Kalypso allerdings offen und ohne Scham – und mit strahlendem Lächeln in ihrem Gesicht.

Zante

VIERZEHN

Ein leichter Windstoß fuhr durch die offene Tür und legte sich
wie ein Kuss auf Isas Lippen. Sie schmeckte die salzige Luft.
Mit ihr kam die Erinnerung wieder – wie jeden Morgen,
seitdem sie die griechische Göttin nicht mehr gesehen hatte.
Vor drei Tagen hatte sie Abends an der Rezeption einspringen
müssen, und die anderen beiden Abende hatte Kalypso
beruflich zu tun gehabt. Und heute stand wieder ein Bardienst
an.

»Geht es dir gut, Isa?« Mar blickte sie von der Seite an,
während sie die Bar für den abendlichen Einsatz herrichteten.
»Du strahlst auf diese eigene Art, die mir eigentlich
signalisieren sollte, dass es dir sehr gut geht – und mich das, was

es hervorgerufen hat, rein gar nichts angeht. Aber gleichzeitig wirkst du etwas bedrückt, und diese Mischung irritiert mich.«

Isa war dankbar, dass Mar Anteil nahm. Und trotz des Kusses von neulich, der Isa gezeigt hatte, dass Mar an mehr als nur Freundschaft interessiert war, wirkte sie ehrlich uneigennützig. Aber was sollte sie ihr sagen? Dass sie dabei war, sich zu verlieben, obwohl sie wusste, dass es aussichtslos, ja, geradezu dumm war? *Es ist nur der verdammt gute Sex, Isa.* Sie hatte es sich den ganzen Morgen selber zugeflüstert, es unter der Dusche wie ein Mantra wiederholt. Aber ihr Herz hielt sich die Ohren zu und machte »La la la … «

»Ja, alles in Ordnung. Danke, dass du fragst.«

»Würdest du mit mir darüber reden, wenn ich dich neulich nicht geküsst hätte?« *Ertappt.*

»Vielleicht ja.« Isa grinste schief. »Obwohl es nicht viel zu erzählen gibt.«

»Nicht viel, was nicht zu privat wäre, um davon zu erzählen, meinst du.« Mar schüttelte lachend den Kopf. »Du hast recht. Ich will es gar nicht so genau wissen.« Sie wurde genauso unvermittelt wieder ernst. »Aber dir geht es gut?«

»So gut, wie es einem gehen kann, wenn man weiß, dass man sich die Finger verbrennen wird.«

»Zu spät, das zu verhindern?«

»Mhm.«

»Handschuhe?«

»Ausverkauft.«

»Oha. Dann viel Glück.« Mar runzelte die Stirn. »Ich hoffe, sie ist es wert.«

»Ich fürchte, das ist sie. Wenn man den Regenbogen liebt, muss man mit dem Regen auch klarkommen.« Sie versuchte ein Lächeln. »Aber jetzt lass uns weitermachen – oder zumindest das Thema wechseln.« Sie legte Mar kurz die Hand auf den Arm. »Danke dir.«

»Gern.«

***

Isa hätte nicht gedacht, dass Kalypso sich am Abend blicken lassen würde. Nicht, nachdem sie hatte, was sie wollte. Aber als

sie sich umdrehte, stand die schöne Griechin auf einmal direkt
an der Bar und blickte sie mit ihren tiefgrünen Augen an.

»Kalispera, Bella.« Ihre Stimme war weich, erotisch.

»Kalispera.« Isa schluckte. »Was möchtest du trinken?«

»Dich.«

Hatte sie sich verhört? Nein, das eindeutige Schmunzeln auf
Kalypsos Lippen verriet ihr, dass sie absolut richtig gehört
hatte.

»Glas oder Flasche?« Isa blieb der Mund offen stehen, als sie
merkte, dass sie sich selber überholt hatte – und diese Antwort
ganz und gar nicht der Situation entsprach. Kalypsos Augen
funkelten belustigt auf.

»Definitiv keins von beiden, sondern direkt aus der Quelle.«

Isa spürte, wie ihre Beine unter ihr nachgaben. Sie trat einen
Schritt näher an die Griechin heran und blickte ihr direkt in
die Augen. »Du musst damit aufhören, ich brauche noch etwas
Konzentration für die anderen Gäste. Verdammt noch mal.«

Das leise Lachen Kalypsos kribbelte direkt zwischen ihren
Beinen. »Nur wenn du versprichst, dass ich morgen Abend
deine volle Konzentration habe.«

»Das wirst du, warte nur ab.«

Die Mundwinkel der Griechin zuckten noch immer. »Ein Bier bitte, ghlikja mou. Im Gegensatz zu dir eiskalt.«

»Jawohl, Madame.«

Sie spürte die Augen der Griechin auf ihrem Hintern, als sie sich hinunterbeugte und die Kühllade aufzog. Na, das konnte ja was werden. Schon jetzt zitterten ihre Hände leicht von unterdrückter Lust.

Aber Kalypso hatte wohl vor, sich den Rest des Abends zu benehmen. Zumindest verschwand sie vom Tresen, sobald Isa ihr das Bier hingestellt hatte, und begann, mit einigen der Einheimischen zu plaudern. Sie entspannte sich und ärgerte sich gleichzeitig darüber, was allein die Anwesenheit, die Worte der Griechin in ihr auslösten. Hoffnungslos verschossen.

Auch wenn an diesem Abend verhältnismäßig viel los war, bemerkte Isa, wie eine blond gefärbte Strandschönheit mit tiefrot gepinseltem Schmollmund ihrer Griechin immer näher rückte. Kalypso wechselte einige Worte mit ihr, aber ihr Gesichtsausdruck entspannte sich nicht. Eher im Gegenteil. Während die Blondine alle Register zog. Als sie ihre Hand auf

Kalypsos Oberarm legte, sog Isa zischend den Atem ein. Das passte ihr nicht, auch wenn sie keinerlei Ansprüche hatte – auch wenn Eifersucht nicht ihre Art war. Das hier … fühlte sich nicht gut an. Aber die griechische Göttin schien ebenfalls wenig begeistert. Sie wischte mit einer schnellen Bewegung die Hand von ihrem Körper. Und beendete das Gespräch kurz darauf mit einem förmlichen Kopfnicken.

Irgendetwas war in der Vergangenheit zwischen den beiden vorgefallen – und es schien nicht allzu gut geendet zu haben.

***

»Ich wünsche dir eine gute Nacht.«

Die Bar hatte sich geleert, und im Gegensatz zu den Malen davor verschwand Kalypso Floros dieses Mal nicht, ohne sich zu verabschieden.

»Die wünsche ich dir auch.«

»Was meinst du, wovon du träumen wirst?« Ein herausforderndes Grinsen.

Isa zuckte gekonnt nonchalant die Achseln. »Mit großer

Wahrscheinlichkeit von mathematischen Aufgaben, wie so oft in letzter Zeit. Oder davon, dass ein bekannter deutscher Komiker mir alle Flüsse durchdekliniert.« Sie erwiderte die Herausforderung mit einem unschuldigen Augenaufschlag. »Nass, nässer, am nässesten.«

»Der Mann hat Humor. Und obwohl ich Biologie der Mathematik vorziehe, eine kleine Aufgabe für dich bis morgen Abend: Wie viele Finger werde ich brauchen, um dich drei Mal in Folge kommen zu lassen?« Die Griechin verzog keine Miene, als sie sich vorbeugte und Isa einen allzu unschuldigen Abschiedskuss auf die Wange gab. »Ich wünsche dir auf jeden Fall schöne Träume heute Nacht.«

FÜNFZEHN

Isa erwachte von einem leisen Knacken. Das Zimmer flackerte
in einem dunkelgelben Licht – und es roch nach Feuer. Sie
blickte neben sich, doch das Bett war leer. Unruhig erhob sie
sich und blickte aus dem Fenster. Unweit von hier tanzten
Flammen in einem Waldstück. Waldbrände geschahen jedes
Jahr in Griechenland, aber für Isa war es das erste Mal, dass sie
Zeuge dessen wurde. Und weit genug weg war das Feuer ihrer
Meinung nach auch nicht. Sie schlüpfte in Shirt und Hose und
machte sich unruhig auf die Suche nach der Hausherrin.

Sie fand Kalypso auf der Terrasse stehend, nur in einer
weißen Leinenhose, den Blick Richtung Feuer gerichtet. Der
Schein der Flammen tauchte die Nacht und die schlanke

Gestalt in unruhig flackerndes Licht. Isa räusperte sich kurz, um sie nicht zu erschrecken, und trat neben sie. »Wird es uns erreichen?«

Die Griechin drehte sich nicht zu ihr um, aber streckte die Hand aus, damit Isa sie ergriff. »Der Wind hat rechtzeitig gedreht. Und so wie ich das beobachten kann, ist der Brand so gut wie unter Kontrolle. Allerdings dürfte es ein paar unserer Haine erwischt haben, die da hinten liegen. Olivenöl wird wohl teurer werden dieses Jahr.«

Sie sagte es kühl, fast ohne Emotionen, während Isa durch die Hitze des Feuers, die man bis hierher spüren konnte, zunehmend nervös wurde. »Du bist Feuer gewöhnt, habe ich Recht?«

»Ohja. Feuer jedweder Art.« Endlich drehte sie sich zu Isa. Ihr Gesicht war ruhig, nur das Grün ihrer Augen ungewöhnlich dunkel. »Setz dich, lass uns etwas trinken. Ganz aus den Augen lassen sollten wir die Flammen noch nicht.«

***

»Meine Mutter ist Dänin. Sie ist gegangen, als ich zwölf Jahre alt war. Dann bin ich bei meiner Großmutter aufgewachsen. Und bei meinem Vater – wenn er Zeit hatte. Er ist vor elf Jahren gestorben.« *Zum Glück*, hätte sie fast hinzugefügt.

»Und deine Mutter?«

»Sie kommt einmal im Jahr für eine Woche hier Urlaub machen. Dann sehen wir uns. Ansonsten lebt sie ihr Leben, und ich meins.« Unter der kühlen Sachlichkeit, mit der Kalypso davon erzählte, lag der Schmerz. Ruhig, wie ein Tiger, der auf den Angriff wartete. Verlassen zu werden von den Menschen, die man liebte, denen man sein Herz geöffnet hatte, die man sich in seinem Leben wünschte – der Abgrund blieb lange bodenlos, egal wieviel Tränen man hinein warf. Und selbst dann, wenn die Gegenwart ein schmuckes Heim darüber setzen konnte. Man würde immer wissen, wo das Loch war – und was die Wunde geschlagen hatte.

Kalypso goss ihnen etwas Ouzo nach. »Man kann seine Vergangenheit nicht ändern. Man kann sogar die Gegenwart oft nicht beeinflussen. Alle Farben, alle Schattierungen. Auf das

Leben. Jamas.«

Das Thema war beendet. Aber die Griechin war, im Vergleich zu den Abenden davor, in Mitteilungsstimmung. Flammen entfachten leicht Brennbares, und es schien, als hätte sich in Kalypsos Gepäck allerhand Papiermüll angesammelt. Verpackungen von Wundern, Worthülsen, Umschläge mit nicht eingelösten Versprechungen. Packpapier vergangener Träume. Wünsche, notiert auf Zeitungsrändern.

»Gestern Abend. Die Frau, die sich mir so ungeniert angenähert hat … das wird deinen wachen Augen wohl kaum entgangen sein.«

»Nein.« Isa blickte auf das Glas in ihrer Hand. »Dein Blick war kälter als die Eiswürfel im Ouzo.«

»Eine vielköpfige Schlange. Hydra. Du schlägst ihr einen Kopf ab, und ihr wachsen zwei neue. An dieser Frau haben sich schon unzählige die Finger und Herzen verbrannt. Unter anderem mein Vater.«

»Aber du hattest eine Fackel und hast ihr die Wunden ausgebrannt, damit nichts mehr nachwachsen konnte?«

»Nein. Ich hatte damit zu dem Zeitpunkt nichts mehr zu tun. Es war mir egal, und ich war mir sicher, dass es ihr gelingen würde, ihm die Firma aus den Rippen zu leiern. Ich bin bis heute verwundert, dass er schlau genug war, es nicht zu tun. Seitdem versucht es das blonde Gift bei mir.« Sie lachte kurz auf. » Chancenlos, natürlich. Ich bin eher Perseus denn Herakles. Schlangen anderer Natur.«

»Medusen also.«

»Ja. Leider eine mehr als nötig in den vergangenen Jahren. Aber ich habe ja ein Spiegelschild. Vielleicht ist allerdings ein Teil meines Herzens dennoch schon zu Stein geworden.«

»Das glaube ich nicht.«

»Leg dafür nicht deine Hand ins Feuer, Bella. Für mein Herz garantiere ich nicht.«

»Weil es nicht dir gehört?«

»Das schon. Aber ich habe es noch nicht wieder ganz zurückbekommen.«

»Wirst du das irgendwann?«

»Wir werden sehen. Aber für dich wäre es besser, nicht darauf zu bauen.«

Das war eine klare Ansage. Umso mehr, da sie nicht mehr ganz nüchtern ausgesprochen wurde. *Kinder und Betrunkene sprechen die Wahrheit.*

»Wäre es dir lieber, wenn ich nicht da wäre?«

»Nein. Ich bin sehr froh, dass du da bist. Aber ich kann dir nichts versprechen.«

»Das habe ich auch nicht von dir erwartet. Niemand kann das.«

»Nein. Aber ich gehöre zu niemandem, Bella. Habe ich einmal versucht, und werde ich nie wieder tun. Ich bin nicht dazu gemacht, mich erneut zu binden. Jemanden auf Dauer glücklich zu machen.«

»Also willst du auch nicht mit jemandem auf Dauer glücklich werden?«

»Ich bin nicht dazu gemacht. Das ist vorbei. Es hat nichts mit dir zu tun.«

Wie oft Isa diesen Satz schon gehört hatte. So oft, dass er sie sprichwörtlich ankotzte. Aber aus Kalypsos Mund klang er zum ersten Mal ehrlich. Glaubwürdig.

»Dann bleibe ich einfach, so lange ich es kann. Okay?«

»Das klingt gut. Und würde mich sehr freuen.«

Für einen Moment glitten Kalypsos Augen hinüber Richtung Wohnzimmer, zu der Wand, an welcher Orpheus und Eurydike hingen. Und wohl auch ihr Herz.

Auch wenn es etwas schmerzte – eigentlich empfand Isa Hochachtung für die Tiefe von Kalypsos Gefühlen gegenüber der Malerin. Was auch zwischen ihnen beiden vorgefallen war, sie liebte sie noch immer. Um seiner selbst willen geliebt zu werden, ungetrübt von Dingen, die das Leben zwischen sie geworfen hatte. Isa hatte es sich auch einmal so gewünscht. Doch beim letzten Mal hatte sie sich schmerzhaft getäuscht. Was sie für Wahrheit gehalten hatte, war ein egoistisches Spiel gewesen. Oder zumindest war es dazu geworden. Oh, sie hatte ihre Fehler gemacht, war nicht immer so respektvoll, ehrlich und wohl auch nicht so mitfühlend gewesen, wie sie es sich selber gerne zugestanden hätte. Sie hatte etwas getriggert, was die andere dazu veranlasst hatte, die gemeinsame Vergangenheit mit aller Macht auslöschen zu wollen. Jeder hatte seine Methode, mit Vergangenem umzugehen. Aber dass sie es vor ihren Augen tat, während die nächste Liebschaft schon neben ihr stand – das war einfach nur der Wunsch zu verletzen. Die Macht zurückzuerlangen. Mit Füßen zu treten, was ihnen beiden trotz allem etwas hätte wert bleiben können.

Während ihr um die Ohren flog, was sie aus ganzem Herzen als Geschenk gemacht hatte, stand Isa ruhig da. Fetzen von Briefen, verdrehte Worte … alles ins Gegenteil verkehrt, selbst im Rückblick nichts mehr wert – während es für sie immer ein Teil ihres Lebens bleiben würde. »Ich wünsche dir alles Gute.« Mehr hatte sie nicht gesagt, als sie gegangen war. Aber auch nicht weniger.

Oft war dort, wo „Liebe" draufstand, nicht wirklich Liebe drin. Ein Substitut, eine Mogelpackung. Die Liebe, in deren Namen Kriege geführt, für die gelitten und getötet wurde. Deren Verlust wie ein kalter Entzug klang, an deren Auswirkungen sich Schlagersänger eine goldene Nase, oder eher einen goldenen Hintern, verdienten. Vielleicht gab es sie gar nicht so, wie man sie sich wünschte, sich erträumte. Vielleicht war sie nur eine Erfindung des Menschen, erdacht im

Zeitalter der Romantik. Um etwas Großes zu erschaffen, das es wert war, daran zu glauben.

Aber was war es dann, was diese Griechin für die Malerin des Gemäldes verspürte? Wenn es die Liebe nicht gab? Verbundenheit, Vertrauen, Verlangen … das große Geheimnis? Das, was die Welt im Innersten zusammenhielt? Das, was den Menschen zum Menschen macht? Treue, Respekt, Glaube aneinander? Waren all diese Worte nicht Teil dessen, was man sich von der Liebe wünschte? Vielleicht gab es sie doch, aber sie war nur mehr als das, was man ihr zuschrieb. Tiefer, erhabener sogar, nicht vom Schmerz des Verlustes oder den gar vorhergegangenen Spielen um Kontrolle und Macht zerstörbar. Der Stein der Weisen, der heilige Gral – das, was man nicht fand, wenn man es zu verzweifelt suchte.

Nichts, mit dem sie konkurrieren wollte, selbst wenn sie es könnte. Man konnte mehrere Menschen zugleich lieben, und manche ewig. Aber sie spürte, dass neben dieser Person, wer auch immer sie war, kein Platz für sie sein würde. Es war traurig, aber es war in Ordnung. Sie hatten das Jetzt. Und Funken flogen auch aus Kalypsos Augen, wenn sie in ihre

Richtung blickte. Wenn die Chemie nicht passt, fällt Biologie aus. Bei ihr waren beide Fächer erstklassig benotet. Zumindest für den Moment. Manchmal sollte es nicht mehr sein.

»Menschen, die mir nahestehen, nennen mich bei meinem zweiten Vornamen. Eleni.« War es ein Angebot, hervorgerufen von dem Ouzo, der inzwischen auch warm durch Isas Adern floss? Oder lag der Griechin etwas daran, dass Isa sie so ansprach?

»Möchtest du …« Sie stellte die Frage nicht zu Ende. Wartete, dass Kalypso ihr die Antwort selber gab.

»In Anbetracht der Tatsache, dass ich dich inzwischen weitaus öfter nackt unter mir hatte, als alle anderen Frauen in den letzten Jahren … und in Anbetracht der Tatsache, dass ich, sobald mein Glas leer ist, wieder in dir sein werde, denke ich, es wäre angebracht.«

Sie gab einfach nichts wirklich her. Keine Gefühle, keinen wirklichen Einblick in ihr Inneres. Isa seufzte innerlich. Gut, so waren die Spielregeln. »Eleni.« Sie sagte es langsam, behutsam, wie um alle drei Silben voll auszukosten. Die Griechin hob den

Kopf, als der Name in die Nacht fiel. Ihre Augen waren moosgrün, und das Feuer, das darin flackerte, mehr als eine Spiegelung des Waldbrandes. Und zum zweiten Mal an diesem Abend ließ sie Isa hinter ihre Deckung gucken. Ein kleiner Moment, wie das Lüpfen eines Visiers.

»Ja, der Name ist auch bei dir gut aufgehoben.«

SECHZEHN

Als Isa erwachte, fiel ihr Blick auf die Griechin, die neben dem Bett stand und sich gerade ihr Hemd zuknöpfte, um dann in ein Sakko zu schlüpfen. Es saß genauso perfekt wie die Anzughose. Isa mochte es, wie diese Frau mit traumwandlerischer Sicherheit von Schlichtheit zu Eleganz wechselte. Von simpel zu nobel – und beides stand ihr unbeschreiblich gut.

Kalypso bemerkte ihren Blick und drehte sich, um den Vorhang beiseite zu schieben. Das Sonnenlicht fiel auf das Bett und Isa blinzelte verschlafen.

»Guten Morgen, Bella. Entschuldige, ich wollte dich nicht zu früh wecken, aber ich habe heute Morgen ein Meeting. Da du nun schon wach bist, können wir aber noch den Kaffee

zusammen trinken.« Sie beugte sich vor und gab Isa einen
flüchtigen Kuss auf die Lippen, der ihr klar machte, dass die
Griechin nicht wieder zu ihr unter die Decke schlüpfen würde.

»Sind fünf Minuten Katzenwäsche noch drin?«

Ein kleines Lächeln durchbrach die kühle Ernsthaftigkeit in
Kalypsos Gesicht. »Kein Stress, so eilig ist es nicht. Nur keine
Zeit mehr für einen Nachschlag von heute Nacht. Ich erwarte
dich in der Küche – mit fertigem Kaffee.« Sie sah aus, als
wollte sie sich erneut für einen weiteren Kuss hinunterbeugen,
drehte sich dann aber um und verließ das Zimmer.

***

Das Meeting zog sich in die Länge, und Kalypso ertappte sich
mehrfach dabei, wie sie auf die Uhr an ihrem Handgelenk
schielte. Ihre Gedanken waren so oder so seit Tagen schon
meilenweit der Realität entrückt. Aber jener, der jetzt gerade
unerbittlich an ihr Hirn pochte, brauchte mehr Raum als ihre
Aufmerksamkeit gerade zuließ. Stille. Einen Ort, an dem sie
alleine war.

»War's das dann?« Sie klang etwas barscher als geplant, und versuchte ihren Tonfall mit einem kleinen Lächeln abzumildern. »Wir sind uns doch einig, oder?« Die Anwesenden, allesamt Männer, nickten. Sie hatte dem anderen Geschlecht seit ihrem Vater nie wieder erlaubt, ihr auf die Füße zu steigen, sondern bevorzugte es anders herum. »Prima. Dann bis morgen, meine Herren.«

Eilige Schritte trugen sie hinaus zu ihrem Auto, sie setzte sich hinters Steuer und ließ den Zufall das Ziel bestimmen. Sie musste lächeln, als sie den Wagen anhielt. Ein guter Ort, um nachzudenken. Die Bucht, die unterhalb der Straße lag, war kaum jemandem bekannt. Kein weicher Sand, um sich in der Sonne zu rösten, kaum Platz, sich lang hinzulegen. Und der Wind, wenn er denn auffrischte, fegte das Meer an dieser Stelle weit an den Felsen hinauf. Hier war es genauso unstet wie derzeit in ihrem Kopf und Herz.

Sie setzte sich auf den nackten Stein, ungeachtet der Tatsache, dass ihre Anzughose nass wurde, entledigte sich der Schuhe und ließ die Füße im Wasser baumeln.

Hellena war ein Gottesgeschenk gewesen. Ein Geschenk der Götter. Jede Frau, die seitdem in ihrem Leben aufgetaucht war, war in ihren Augen fehlerhaft.

Kalypso kaute nachdenklich auf ihrer Unterlippe. Das war vielleicht das Problem.

Von den Göttern sollte man keine Geschenke annehmen. Aber Epimetheus nahm den Rat von seinem Bruder Prometheus nicht an. Er hatte sich in eine Frau verliebt, die ihm Zeus selbst geschenkt hatte. Eine Frau, die so schön war wie die Göttin der Liebe. Und diese Frau brachte etwas mit. Und Epimetheus öffnete sie. Die Büchse der Pandora. Er schloss sie schnell wieder, doch schon hatten sich alle Leiden befreit und flossen über die Menschheit. Unten am Boden der Büchse aber lag die Hoffnung, eingesperrt.

Hellena war nicht wie Pandora. Aber es schien, als hätte ihr Tod dennoch die Büchse geöffnet, und all das Leiden in Kalypsos Leben gelassen. Sie war härter geworden, unerbittlicher. Eine Einzelgängerin, die jeden auf Distanz hielt. Oder, wie jetzt, selber auf Distanz ging, sobald ihr jemand zu nahe kam. Sie hatte Isabel eingeladen, sich wohl gefühlt bei und mit ihr. Sie hatte die Tür geöffnet – und war nun dabei, sie direkt vor Bellas Gesicht wieder zuzuschlagen. Das war nicht fair. Nichts im Leben war fair.

»Sie kann nichts dafür.« Kalypso fuhr sich durch das Haar. Auch wenn das Schicksal auf die Fairness pfiff – sie konnte zumindest ihren Teil dazu tun. *Konnte sie?*

Hellena hätte es gekonnt. Und, wenn sie ehrlich war, hätte Bella jemanden wie Hellena verdient. Nicht sie. Nicht jemanden, der seiner Lust nachging, bis er satt war, und den anderen hungrig zurückließ.

Selbstlosigkeit war auch ein Teil der Liebe. Stattdessen konzentrierten sich die meisten nur darauf, etwas von dem anderen zu bekommen. Sie selber war keine Ausnahme.

Konnte sie dieser Frau noch etwas geben, bevor sie ihr die Türe wies? Hatte sie ihr etwas dagelassen, wenn sie ging? Waren schöne Erinnerungen genug, um den Schmerz des Endes zu mildern? Und warum war es ihr dieses Mal nicht egal, wie alle anderen Male zuvor? *Weil sie dein Herz berührt hat, du Närrin.* Fast hätte sie sich umgeblickt, als sie Hellenas Stimme vernahm. Aber es war nur in ihrem Kopf. Allerdings selten hartnäckig. *Weil du weißt, dass sie die Chance ist, neu anzufangen.*

»Nein.« Ihre eigene Stimme klang unnatürlich laut in ihren Ohren. »Ich brauche keine Chance. Ich brauche dich.« Keine Antwort. An Hellenas Stelle hätte sie jetzt auch geschwiegen. Denn da war sie wieder, die Egoistin. *Brauchen, wollen, kriegen.*

Sie seufzte und stand auf. Die Stille, die sie so sehr ersehnt hatte, lag auf einmal zu schwer auf ihrer Brust. Es würde der Squash-Schläger werden müssen. Und das Hinterzimmer ihres Hirns, in dessen Wandschrank sie die unliebsamen Gedanken und Gefühle einsperrte. Und eine eiskalte Dusche.

SIEBZEHN

»Zieh dein Kleid an.«

»Ist das ein Wunsch, oder ein Befehl?« Isa runzelte die Stirn. Sie mochte die fordernde Art der Griechin, aber in diesem Moment ging ihr der Tonfall etwas zu weit.

»Entschuldige. Ein Wunsch. Ich mag es, wenn du das Kleid anhast. Ich finde es heiß. Es macht mich heiß. Und wenn ich Lust auf dich bekomme, gibt es weitaus weniger Stoff, der mich daran hindert, in dir zu sein.«

»Auch wenn du wieder mal nur an das Eine denkst, hat deine Argumentation etwas Bestechendes.«

»Es ist ein Kompliment, dass ich nur an das Eine denke, Bella.«

Kalypso erklomm den Hang und streckte die Hand aus, um Isa hinauf zu helfen. Gentlewoman durch und durch. Isa hatte sich noch nie so sehr als Frau gefühlt, wie wenn sie an ihrer Seite ging. Und wenn die Griechin, wie jetzt, ihre Hand nicht losließ.

»Die meisten dieser Bäume sind mehrere hundert Jahre alt.« Kalypso deutete auf ein Exemplar, dessen Stamm so alt und zerrissen war, dass es aussah, als stünde es auf zwei Beinen. »Dieser hier ist weitaus älter. Es wird gesagt, dass selbst die Olivenbäume damals dem betörenden Gesang des Orpheus nicht widerstehen konnten, und ihm gefolgt sind. Wie du siehst, befindet er sich mitten im Schritt.«

»Hier ist alles von Sagen durchdrungen, oder?«

»Alles.« Kalypso lächelte. »Die Welt ist zum Beispiel aus der Umarmung von Gaia, der Erde, und Uranos, dem Himmel, entstanden. Der Geist der zeugenden Liebe, Eros, hielt die beiden aufeinander. Gaia beugte sich vor Lust unter Uranos, und so entstanden die Hügel. Als er etwas grob war, buckelte sie vor Schmerz, und es entstanden die hohen Gebirge. Dann wurde es noch etwas gröber, Uranos wurde entmannt, weil er Gaia quälte.

Aus seinem Phallus, der ins Meer geworfen wurde, und dem Samen darin entstand Schaum, und daraus Aphrodite, die Schaumgeborene. Wir Griechen sind ein sehr leidenschaftliches Volk, wie es scheint.«

»Wäre mir bislang nicht aufgefallen.« Isa zwinkerte ihr zu. Kalypsos Grinsen wurde breiter, eindeutiger.

»Ich möchte dich auch gerne vor Lust zum Buckeln bringen. Es hat seinen Grund, warum ich dich gebeten habe, ein Kleid anzuziehen. Und warum ich die Abendstunden gewählt habe, um dir die Haine zu zeigen. Wir sind gänzlich ungestört …«

Isa fühlte das alte, knorrige Holz des Baumes, gegen das Kalypsos warmer Körper ihren Rücken presste. Flinke Finger glitten unter ihr Kleid, unter den Slip, in sie hinein. »Du bist so nass.« Kalypso schluckte ihr Stöhnen, küsste sie atemlos, ließ ihre Finger auf und ab tanzen, sich zurückziehen, eindringen, tiefer und weiter, wahnsinnig machend schön, verzehrend intensiv … und Isa buckelte unter der oh so talentierten Hand und dem nicht enden wollenden Kuss, flog wie ein Segel zwischen den beiden Polen, die hier Wurzeln geschlagen hatten. Ein Papierdrache im Sturm der ungebändigten Lust einer griechischen Göttin.

***

»Ich möchte dir noch etwas zeigen. Auch um dir zu beweisen, dass ich nicht nur an das Eine denke.« Kalypso deutete auf das Haus, das sich zwischen den Olivenbäumen zeigte. »Dort bin ich einen Teil meiner Kindheit aufgewachsen. Es ist das Haus meiner Großmutter. Ich stelle sie dir gerne einmal vor, wenn du magst. Aber heute schnappen wir uns nur mein altes Motorrad, das dort steht. Ich würde dir nämlich gerne die Floros Ölmanufaktur zeigen, sofern du Interesse hast.«

Als sie sich dem Haus näherten, stellte Isa fest, dass sie es schon einmal gesehen hatte. Neulich, bei ihrem morgendlichen Lauf durch die Haine. Sie hatte der alten Frau im Garten freundlich zugewunken, aber diese hatte sie wohl nicht gesehen. Jetzt war der Garten leer. Kalypso schob das

Motorrad aus der Garage und hielt Isa einen Helm hin.

»Aufsitzen, Fräulein.«

***

»Das Gold Griechenlands.« Kalypso goss etwas von dem Öl auf einen Teller und streute mit den Fingerspitzen etwas Salz darüber. Dann fischte sie aus ihrem Rucksack einen Laib frischen Weißbrotes. »Schlicht und ergreifend, und es gibt nichts Besseres.« Sie brach ein Stück Brot ab und reichte es Isa. »Tunken, ab in den Mund und genießen.« Sie sah den Ausdruck des Entzückens auf Isas Gesicht.

»Fabelhaft.«

Die einfachen Dinge. Und wie jedes Mal, wenn Kalypso das Olivenöl pur, mit nur etwas Salz genoss, kamen die Bilder glücklicher Tage wieder.

Sie dachte an die Tage der Ernte, den November, an dem Hellena noch dabei war. Wie sie gegen Abend alle an dem großen Tisch Platz nahmen, den sie auf die Wiese bei den Hainen gestellt hatten. Eingelegte Oliven aus dem letzten Jahr, und Öl, das sie salzten, und dann das frisch gebackene Brot ihrer Großmutter hinein tunkten. Gewässerter Wein, Tsatsiki und Souflaki, brutzelnd auf dem kleinen Grill. *Die einfachen, kleinen Dinge.* Die Momente, die unbezahlbar waren. Halblaute Gespräche, Zufriedenheit an der schlicht gehaltenen Tafel. Frieden. Und Hellena an ihrer Seite, die mit ihrer unbeschwerten Art den Arbeitern so manches Lachen entlockte.

Und in ihr spannte sich etwas, engte sie ein wie ein Korsett. Das, was sie jetzt gerade tat, war zu nahe an dem, was gewesen war. Sie blickte auf Isabel, die mit dem Rücken zu ihr stand. Gerade, aufrecht – selbstbewusst und weich, stark und zerbrechlich zugleich. So wie Hellena. Und anders als sie. *Nicht sie.*

Kalypso ballte die Hände hinter ihrem Rücken zu harten Fäusten, als ihr Kopf ihr all die Unterschiede aufzählte. All die Fehler, alles was Hellena hatte – und Isabel nicht. Ihre Rüstung legte sich wie von selbst um sie herum. Armschienen, Brustpanzer, Helm. Jetzt lag es an ihr, auch das Visier runterzuklappen. Sie musste ihren Treffen ein Ende machen. Bald. Am besten jetzt.

Isa drehte sich zu ihr um. »Ich danke dir, dass du mir das hier gezeigt hast. Und so viel mehr. Schon jetzt hat mich diese Insel reich beschenkt.« Sie zwinkerte ihr zu. *Nichtsahnend. Unschuldig.*

»Das freut mich.« Kalypso versuchte, ihre Stimme neutral zu halten. »Wir sollten zurückfahren. Ich muss noch etwas arbeiten heute Abend.«

Auf der Heimfahrt schmiegte sich Isa von hinten an sie, und wieder durchzuckte eine Erinnerung Kalypso. Warm und schmerzhaft zugleich. Alles in ihr schrie danach, sich fallen zu lassen. Zuzulassen, was sich gut anfühlte. Jemanden wieder ganz an sich heranzulassen. Den Fährmann auszuzahlen, wie ihre Großmutter ihr geraten hatte. Und dennoch sah sie sich außerstande.

Isa stieg vom Motorrad, reichte Kalypso den Helm zurück. »Wir sehen uns?«

Die Griechin klappte das Visier hoch, aber setzte den Helm nicht ab. »Ich melde mich. Gute Nacht.« Und damit drehte sie das Gas auf und fuhr davon.

Isa sah ihr nach. Irgendetwas hatte sich geändert, aber sie konnte nicht den Finger darauflegen. Es war wie aus dem Nichts gekommen. Und es fühlte sich falsch an. Sie griff nach ihrem Handy und rief die Konversation mit Kalypso auf. Ihre Finger verharrten einen Moment über dem Bildschirm.

„Ich meinte, was ich vorhin sagte, Eleni. Du bist ein Geschenk. Auch ohne ein Versprechen. Oder eine Zukunft."

***

Kalypso stoppte hinter der nächsten Biegung. Nahm nun doch den Helm ab. Wischte sich über das Gesicht. Waren das Tränen?

Ihr Handy vibrierte in ihrer Tasche. *Bella*. Sie las die Nachricht. Biss sich auf die Unterlippe. Tippte eine Zeile ein und schickte sie ab, bevor sie ihren Helm wieder aufsetzte. Das Visier ließ sie oben, bis sie zuhause angekommen war.

„Du auch. Trotz meiner Vergangenheit."

ACHTZEHN

»Ich habe ein Geschenk für dich.«

Das Bild zeigte sie beide, und gleichzeitig Orpheus und Eurydike. Hellena hatte ihre Liebe zur griechischen Mythologie eingefangen – und ebenso die Liebe zwischen ihnen beiden. Es gab kein perfekteres Bild als dieses.

»Es ist wunderschön, Hellena.« Kalypso war nahezu sprachlos. Und wie immer, wenn sie gerührt war, versuchte sie, es zu überspielen. »Aber ich dachte, wir sind Philemon und Baucis, nicht Orpheus und Eurydike?«

»Schau mal den Hintergrund genauer an.« Hellena lächelte. Dort standen, ganz nahe beieinander, so dass sich ihre Äste berührten, eine Eiche und eine Linde.

Kalypso lachte auf. »Du bist einfach eine hoffnungslose

Romantikerin, assteri mou.« Sie zog ihre Geliebte zu sich heran und küsste sie. Lange, sanft. »Das Bild kriegt einen Ehrenplatz. Dort, wo ich es jeden Tag sehen kann.«

Und dann kam der eine Tag. Ihre persönliche Sintflut, die alles wegwusch. Auch, was auf gutem Fundament und aus massivem Stein gebaut war. Aus Ziegeln, gebrannt im Feuer der Liebe. Ein Wort, das alles auslöschte. Drei Buchstaben, um genau zu sein. ALS.

»Ich werd nicht sabbernd im Bett liegen, Eleni. Ich werde mich verabschieden, solange ich noch gehen kann. Ich will nicht, dass du mit mir an meinem Lebensabend grau wirst, wenn es vor deiner Zeit ist. Und mir den Brei löffelweise verabreichst, weil meine Hand für uns beide zittert. Ich gehe, bevor meine Zeit abgelaufen ist, da der Totengott scheinbar vorhat, mit mir ein makaberes Spiel zu treiben. Ich laufe ihm davon. Und du läufst weiter. Versprich es mir.«

»Wir dürfen nicht aufgeben.« Trotz und Verzweiflung.

»Es würde eines Wunders bedürfen, Eleni. Und Wunder sind

selten geworden auf dieser Welt.«

»Philemon und Baucis. Das haben wir uns doch versprochen.«
Sie spürte die Tränen heiß hinter ihren Augen brennen. Aber
eine Kriegerin weinte nicht. »Ich lasse dich nicht gehen, assteri
mou. Mein Stern.«

»Die Götter machen, was sie wollen. Und auf Zeus war noch
nie Verlass. Er hat sogar die beiden betrogen. Komm, lass uns
die guten Tage genießen, die wir noch haben. Ein bisschen
kann ich noch neben dir gehen.« Hellena küsste sie sachte auf
die Stirn. »Wisch dir die Tränen ab, und lächle für mich. Ich
liebe dein Lächeln.«

Pläne. Wenn man Pläne machen konnte, dann war es noch
nicht vorbei. Kalypso hielt daran fest. Als Hellena nicht mehr
das Haus verlassen konnte, erzählte sie ihr von all den Orten,
die sie irgendwann besuchen würden.

»Vielleicht mit unseren Kindern – falls du welche möchtest.«
Und da hatte Hellena gewusst, dass ihre starke Kämpferin am
Ende ihrer Kraft stand. Dass sie es ihr leicht machen musste,
wenn es soweit war. Dass sie nicht alleine war, aber selber den

letzten Schritt gehen musste, solange sie es noch konnte. »Du bist mir genug, Kalypso Eleni Floros. Das mit den Kindern lassen wir mal schön sein. Ein Kindskopf in der Familie reicht.«

Kalypso hatte gelächelt, sie behutsam auf die Stirn geküsst, und sie in den Arm genommen. Hellena war eingeschlafen, den Kopf an ihrer Brust. Und Kalypso hatte die ganze Nacht Wache gehalten, so, wie die Krieger es taten. Ihre Liebsten beschützen.

Dabei war ihr eine Geschichte in den Sinn gekommen, die ihr ihre Mutter vor langer Zeit erzählt hatte. In dem deutschen Märchen ging es um eine Bedrohung, die „das Nichts" genannt wurde, und langsam aber sicher die Welt auffraß. Und keins der mächtigen Zauberwesen hatte die Macht, ihm Einhalt zu gebieten. Selbst ein Wesen ganz aus Stein, mit der Kraft von hundert Mann und mehr, nicht. Der Felsenbeißer, wie dieses Wesen hieß, saß dort, und blickte den kleinen Jungen vor ihm an. »Das sind doch große, starke Hände.«

Kalypso hob ihre freie Hand und hielt sie sich vor die Augen. Auch das waren große, starke Hände. Und auch sie konnten das Nichts nicht aufhalten.

***

Das war der größte Schmerz. Zu wissen, dass man etwas zum letzten Mal tun, zum letzten Mal spüren würde. Sie wollte nicht, dass der Kuss jemals endete. Und als Hellena sich schließlich sanft aus ihrer Umarmung befreite, hätte sie beinahe laut aufgeschluchzt. Aber sie durfte nicht weinen, noch nicht. Sie musste stark sein, weil ihre Geliebte jetzt stärker sein musste als das Leben.

»Schau dich nicht um, Eleni. Das Bild ist eine Warnung, keine Inspiration.«

»Du weißt, dass das das einzige Versprechen ist, welches ich dir nicht geben kann. Du bist mein wunder Punkt. Mein Wunder. Punkt. Und Ausrufezeichen. Du wirst immer mein Herz füllen. Ich werde dich nie vergessen können.«

»Meine weise Freundin. Du solltest wissen, dass Vergessen und

Weitergehen nicht gleichbedeutend sind.«

»Ich will nicht ohne dich weitergehen.«

»Das Leben fragt selten, was man will. Das wissen wir beide doch nur zu gut. Sei kein Kind, Eleni. Sei bitte weiterhin die stolze, starke und so herrlich sture Frau, in die ich mich damals verliebt habe.«

»Auch wenn du ihren Namen trägst, kannst du mir kein ewiges Leben schenken, Kalypso. Aber ich habe dich so viele Jahre lieben dürfen – was ist eine Ewigkeit gegen das. Odysseus hat sich für seine Penelope gegen das ewige Leben entschieden. Ich würde das gleiche für dich tun, Eleni. Wieder und wieder. Und jetzt bring mich zum Meer.«

***

Sie setzte einen Fuß vor den anderen. Ihr Körper, der ihr schon lange nicht mehr gehorchen wollte, wurde durch ihren unbändigen Willen Schritt für Schritt vorangetrieben. Es ging zu schnell, und dennoch quälend langsam.

Kalypso biss sich auf die Lippen, bis sie Blut schmeckte, um sich davon abzuhalten, ihr nachzurufen. Und um die Schluchzer, die Schreie zu unterdrücken, die in ihrer Brust saßen wie Wackerstein.

Für einen Moment verdeckte Hellenas Körper komplett die untergehende Sonne. Ihre Strahlen umrissen den schmalen Schatten wie Speere aus Licht. Und dann war sie es, die sich doch noch einmal umdrehte. Sie sah aus wie in Gold gehüllt.

Der Schatten wurde kleiner, als ob der rote Feuerball ihn verschlang. Ein kurzes Verharren noch, aber kein weiterer Blick zurück. Alles in Kalypso schrie danach, aufzuspringen, sie aufzuhalten. Aber sie blieb regungslos sitzen. Sah zu, wie Hellena die Arme ausbreitete, als ob sie fliegen wollte. Sah zu, wie die Silhouette aufblitzte, und verschwand. Der Schrei, der nun unkontrollierbar aus ihrem Inneren ausbrach, klang unmenschlich. Als wäre Hellenas Körper mit ihrem Herzen vertäut gewesen, und hätte es in seinem Fall komplett und schlagend aus ihrer Brust gerissen. Als würde sie gerade mit ihr sterben, bei vollem Bewusstsein.

Erst, als die Dunkelheit schon lange über der Welt lag, gelang es Kalypso, sich zu erheben. Ihre Beine bebten, ihre Augen fühlten sich an wie wunde schmerzende Kugeln. Und in ihr gähnte eine Leere, die sie bei jedem Schritt erneut in die Knie zwang. Auch bei ihr war es purer, nackter Wille, der sie bis nach Hause gelangen ließ. Und dieser Wille würde sie nun bei jedem folgenden Schritt begleiten. Er und die leise, sanfte Stimme in ihrem Ohr, das Versprechen, das ihr abgenommen wurde. Weitergehen, für sie beide. Egal, wie alleine sie sich fühlte.

NEUNZEHN

Kalypso stand oben ohne in ihren kurzen Jeansshorts am Grill, die Zange in der linken Hand. In der rechten baumelte lässig eine Bierflasche. »Stehst du auf Röstaromen? Ansonsten könnten wir gleich essen.«

Sie war noch schweigsamer als sonst, der Blick aus ihren grünen Augen tiefer. Als brodelte ein Sturm in ihr, der kurz davor war, über sie hinwegzufegen. Und als wollte die Griechin ihn noch etwas aufhalten.

»Wann immer die Grillmeisterin die Tafel freigibt. Ich bin bereit.«

»Dann lass uns schmausen.«

Kalypso hatte ordentlich aufgetischt. Knackig grüner Salat, Käse, Souflaki und Scampi vom Grill, sowie das obligatorische

Fladenbrot mit Tsatsiki. Auf einem großen Teller häufte sich frisch geschnittene Wassermelone.

»Du stehst in Sachen Bewirtung der Sonnenuntergangstaverne in nichts nach.« Isa schaute begeistert auf den Tisch und leckte sich die Lippen. »Das sieht unglaublich gut aus.«

»Das freut mich. Dann greif bitte ganz ungeniert zu, auch mit bloßen Händen. Wir sind unter uns, und ich lasse eine gewisse Etikette auf meiner Terrasse gern mal hinter mir.« Kalypso hob ihr Glas und prostete ihr zu. »Jamas, Bella. Und guten Hunger.«

Es war herrlich, auf der Terrasse zu sitzen und mit Kalypso gemeinsam dieses Festmahl zu halten. Mit bloßen Fingern Scampi aus der Schale zu pulen und die Fettabdrücke am Weinglas zu hinterlassen.

»Nach wirklich guten Dingen schmeckt ein Ouzo. Oder ein Frappé. Genauso wie vor wirklich guten Dingen.« Die Griechin ließ keinen Zweifel daran, was sie meinte. »Komm, wir machen einen Ausflug in die Stadt. Ich habe das Motorrad noch vor dem Haus stehen. Zakynthos' Straßen bei Nacht sind durchaus einen Blick wert.«

Der Abend war mild, wie alle Sommerabende hier auf der Insel. Touristen und Einheimische flanierten entspannt durch die nächtlichen Straßen von der Stadt, die aufgrund der zahlreichen, noch geöffneten Cafés und Geschäfte alles andere als dunkel waren. So bummelten auch sie ein Weilchen über die Plätze und ließen ihre Augen über die Auslagen der Läden wandern. Isa bemerkte neben zahlreichen Schildkröten – als Kuscheltiere in allen möglichen Größen, gedruckt auf Shirts und Kleider, aus Ton oder geschnitztem Holz – auch Silberschmuck in jeder erdenklichen Machart, immer in der Mitte von einem blauen Stein gekrönt.

»Ich habe diese Art Schmuck schon des Öfteren gesehen, auch auf Rhodos oder in Athen. Was hat es damit auf sich?«

»Das ist ein sogenannter „blauer Opal". Dieser Edelstein wurde schon in der Antike hoch geachtet. Angeblich haben ihn die Götter geschaffen, und von jedem anderen Edelstein einen Teil hineingegeben. Das Feuer des Karfunkels, das Purpur des Amethysten, das Goldgelb des Topases, das tiefe Blau des

Saphirs und natürlich das Meergrün des Smaragdes. Er glänzt und funkelt in allen diesen Farben, wenn man ihn dreht. Man spricht ihm als Heilstein Kräfte zu, besonders für Herz und Seele.« Die Griechin zögerte einen Moment, dann nahm sie Isas Hand und zog sie zu einer der Auslagen heran. »Such dir einen aus. Ich möchte ihn dir gerne schenken.«

Kalypso drückte dem Verkäufer das Geld in die Hand, und nahm jene Kette heraus, auf die Isa gedeutet hatte. Eine kleine Schildkröte, ihr Panzer ein blauer Opal. Eine Erinnerung an die Bootsfahrt, auf der sie die goldschimmernde Caretta Caretta unter Wasser gesehen – und die griechische Göttin das erste Wort an sie gerichtet hatte.

»Dreh dich um.« Kalypso öffnete den Verschluss und legte Isa die Kette um den Hals. Kühles Metall auf Gänsehaut. Ein kurzer Moment eine warme Hand in ihrem Nacken, bevor diese sich wieder in ihre eigene schmiegte. »Und jetzt gibt's den besten Frappé der Stadt.«

***

»Komm her.« Kalypso hatte sich ihrer Kleidung entledigt und öffnete ihre Arme. Isa schmiegte sich an den nackten, warmen Körper der Göttin. »Das war ein sehr schöner Abend.«

»Wenn es nach mir geht, ist er noch lange nicht vorbei.« Ihr Kuss schmeckte nach Sommer, ihre Lippen waren weich – und ihre Hände binnen Sekunden überall. Sie zog Isa mit sich auf das Bett, und Isa öffnete sich weit unter ihr, gab sich hin, ließ sich fallen und verzehren, auffangen und erheben, bis sie bebend und schweißgebadet wieder zu sich kam.

»Da ist aber jemand weit gereist.« Kalypso sah mit ihrem unwiderstehlichen Lächeln auf Isa hinab, die nackt und erschöpft zwischen den Laken lag. »Erhol dich einen Moment. Ich bin noch lange nicht mit dir fertig.«

Isa blickte ihr nach, wie sie das Zimmer verließ. Ihr schöner starker Rücken, der knackige Hintern … gedankenverloren griff ihre Hand nach der Kette, die noch etwas fremd um ihren Hals lag. Ein Andenken, eine Geste der Zuneigung – aber in dieser Realität kein Versprechen. Die Schönheit des Vergänglichen. Die Kostbarkeit des Augenblicks. Sternschnuppenglück.

Zante

ZWANZIG

»Komm, wir machen einen Ausflug. Ich muss vorher noch ein paar Sachen für den Shop an der Rezeption kaufen, aber das wird dir gefallen. Und vielleicht findest du ja etwas für deine Lieben daheim.« Myriel deutete ihr mit erhobenen Fingern, sich in fünf Minuten beim Auto zu treffen. Dann hob sie die zweite Hand und lachte.

»Hier auf Zante sind fünf Minuten näher an zehn. Also trink deinen Kaffee noch in Ruhe aus.«

»Jassu, Myriella. Jassu, Kalloni.« Das Ehepaar, das die kleine Cantina bewirtete – die aus einem Foodtruck mit in der Ferne tuckerndem Dieselaggregat und ein paar Tischen im Freien bestand – begrüßte sie herzlich und fragte nach ihren

Wünschen. Myriel nahm die Bestellung in die Hand. Und Isa wusste, dass sie wusste, was jetzt das Richtige für sie beide war. Saftige Souflaki, eine große Schüssel Salat und ein kühles Bier.

Sie setzten sich unter einen der Sonnenschirme. »Du siehst schon fast aus wie eine Zakynthin.« Myriel betrachtete sie. »So braun gebrannt habe ich dich glaube ich noch nie gesehen. Und so entspannt.«

»Du weißt doch, Bühnenlicht tut nichts für den Teint. Und Proben in schwarz ausgemalten Räumen noch weniger.«

»Stimmt. Ich habe mich für nächstes Jahr auch wieder theatral anheuern lassen. Aber während ich hier so sitze, frage ich mich, ob das wirklich eine gute Idee war. Ich vermisse das Spielen, aber wie sehr werde ich erst all das hier vermissen. Spyros, die Sonne, das Meer … «

Sie plauderten über dieses und jenes, zwischen Fleischspießen und knackigen Tomaten. Es war schön, ein paar ungestörte Minuten mit ihrer Freundin zu haben.

»Wie war dein Tag auf dem Roller? Hast du ein bisschen was von Zakynthos sehen können?«

Gestern hatte Isa sich endlich einen Scooter ausgeliehen und war mit ihm einen Teil der Insel abgefahren. Den Leuchtturm von Keri, ohne allerdings einzukehren. Die Warnung einer waschechten Griechin vor den gesalzenen Preisen im Ohr, sowie die Tatsache, dass sie die Mizitres bereits vom Wasser aus gesehen hatte, hatten sie nach einem kurzen Stop weiterfahren lassen. So war sie in einem großteils verlassenen Dorf gelandet, mit wunderschönen alten Häusern und einem Blick aufs Meer. Dann hatte sie die Hauptstraße genommen und war nach Zakynthos Stadt hineingefahren, um sich die alte Oberstadt und die Ruinen des ehemaligen Kástros anzuschauen, und anschließend einen eiskalten Frappé in einem der zahlreichen Cafés in der Stadt zu genießen.

»Auch wenn es nur noch Ruinen sind, ist es beeindruckend dort oben. Und trotz Besuchern unglaublich ruhig. Ein Pinienwald mit verfallenen Geheimnissen einer ehemals großen Stadt.«

»Das habe ich genauso empfunden, als ich dort oben war. Und ich habe es erst einmal geschafft, und auch erst im letzten Herbst. Das Hotel und die Liebe fordern so viel Zeit, dass ich meine zweite Heimat noch immer wirklich zu erkunden habe.

Aber diese Oasen der Stille und Entspannung sind dann umso schöner. Und das hier ist definitiv einer meiner Lieblingsplätze, um wieder Kraft zu tanken und Fokus zu finden.« Sie blickte aufs Meer, das hier in Korakonisi an rau, gezackte Felsen brandete. Vorhin waren sie dort unten gewesen. Isa hatte sich auf dem hier dunkelblauen Wasser treiben lassen, und war dann die Felsen hinaufgekraxelt, um für ein Foto unter dem gewaltigen Steinbogen zu posen. Für manche Bilder lohnte es sich, touristisch unterwegs zu sein. Sie konnte so die schönsten Erinnerungen daheim an die Wand hängen. Farben sammeln, wie die Maus Frederick, für die grauen Momente im Alltag.

»Und wie geht es dir mit der griechischen Ölregentin?«
Diese Frage hatte verhältnismäßig lange auf sich warten lassen. Isa wusste, dass Myriel platzte vor Neugier.
»Sie ist unglaublich. Wir hatten wundervolle Tage – und noch mehr wundervolle Nächte. Aber egal, wie nahe wir uns körperlich kommen, es scheint immer etwas zwischen uns zu sein. Sie lässt wohl wirklich niemanden an sich ran. Der einsame Wolf, wie du ganz zu Beginn sagtest.«

»So lange er dir nicht seine Zähne zeigt.« Myriel lehnte sich im Stuhl zurück. »Aber ich habe auch geglaubt, dass ich bei Spyros nie eine Chance hätte. Zumindest nicht auf etwas Ernsthaftes. Und guck mich heute an.«

»Auch wenn ich bisher nie das Glück hatte, etwas unmöglich erscheinendes zu meinen Gunsten zu drehen – ich freue mich über jeden, der mir das Gegenteil beweist. Und am Meisten für dich, meine Liebe. Du hast es sowas von verdient.«

Etwas brannte in Isas Brust. Es war nicht Neugier, auch wenn es dem nahekam. Es war mehr als das. Und sie wünschte sich, dass sie nicht nachfragen müsste. Dass Kalypso es ihr selber gesagt hätte. Aber manchmal brauchte man Gewissheit, auch wenn sie den Dolch schon in der Hand trug. »Sagt dir der Name „Hellena" etwas?«

Myriel überlegte. »Ich habe ihn schon einmal gehört.«

»Im Zusammenhang mit Kalypso Floros?«

»Das kann sein. Aber da solltest du Spyros fragen, er weiß sicher mehr.« Sie blickte Isa prüfend an. »Gibt es ein Problem mit dieser Frau?«

Isa schüttelte den Kopf. »Nein, nichts, was ich nicht schon

gespürt hätte. Die griechische Göttin ist eine Traumfrau, in jeder Hinsicht. Aber ihr Herz gehört nicht mehr ihr selber, denke ich. Zu dumm nur, dass ich ihr meins nicht verwehren konnte.« Sie strich sich seufzend über die Stirn. »Ich habe es gewusst, Myriel. Und habe es trotzdem gewollt. Aber mit der Vergangenheit kann man keinen Kampf aufnehmen, wenn ihre Macht bis in die Gegenwart reicht.«

***

»Sie war ihre Frau. Und ist vor einigen Jahren auf tragische Weise ums Leben gekommen.« Spyros' Blick war Ernst, in seinen Augen glomm ein Funke Mitleid. »Hat sich vor Kalypsos Augen in die Tiefe gestürzt. Ein Freitod, sie war schwer krank.« Er streckte seine Hand aus und berührte Isas Arm. Sie wusste, dass er ahnte, was passierte. Dass er sie trösten wollte. »Kalypso Floros ist eine Frau mit einem sehr großen Herzen. Aber ich glaube, dass es nur noch in Scherben in ihrer Brust liegt. Und dass niemand es kitten kann, solange sie es nicht zulässt.«

»Ich habe mich in sie verliebt, Spyros.«

»Und damit machst du ihr ein Geschenk, kardhoula mou.
Auch wenn sie es nicht annehmen kann. Schätze es deswegen
nicht geringer, selbst wenn es dir nur zeigt, dass du wahrhaft
lieben kannst.«

Wenn man eine Vase klebte, war ihre Form wie zuvor. Aber
die feinen Ritzen blieben. Wenn man genauer hinsah, konnte
man erkennen, dass sie von einem tiefen Fall zu erzählen hatte.
Wenn man hinsah. Und wenn man Wasser hineingoss, konnte es
passieren, dass ein paar Tropfen hinaus sickerten. Das Leben
machte inkontinent. Körperlich im Alter, in Gefühlsdingen
manchmal schon früher. Konnte man ein Herz ebenfalls wieder
kleben?

EINUNDZWANZIG

»Danke für den Abend Bella. Wir sehen uns.« Kalypso stand auf, als erwartete sie, dass Isa das Gleiche tat. Aber die blickte sie nur fassungslos an.

»Nein. Nein, Kalypso. Tu das nicht. Nicht heute, nicht so …« Sie hatte es gespürt, sie war sich sicher. Und die Reaktion der Griechin konnte nur bedeuten, dass es ihr genauso gegangen war. Wenn sie jetzt gehen musste, hieß das, dass sie sich näher gekommen waren als jemals hätte sein dürfen. Es bedeutete, dass es Zeit war für eine Entscheidung. Und auch wenn Isa nicht einfach so aufgeben wollte, wusste sie, wie die Entscheidung ausfallen würde. Wenn sie jetzt ging, würde sie nicht mehr zurückkehren können. Es war zu früh. Viel zu früh. Aber das würde es wohl immer sein. »Tu es nicht. Bitte.«

War da eine Träne in ihrem Auge? Kalypso blinzelte. Sie durfte sie nicht bleiben lassen, nicht nach dem, was sie heute gefühlt hatte. Sie konnte es nicht. »Wir sehen uns morgen, wenn du magst.« Etwas im Blick ihres Gegenübers veränderte sich. Verletzte Fassungslosigkeit wandelte sich in kleine, wütende Funken. Als ob sie eine Schwelle überschritten hatte.

»Ist dir bewusst, dass mich dein Verhalten verletzt?«

»Inwiefern?«

»Dass du mich an einem Tag nicht mehr aus deinem Arm lassen willst, und du mir im nächsten mit einem „Danke für den Abend" die Türe weist, ohne etwas dazwischen. Dass ich zu viel bin, und nicht genug zugleich. Heiß und kalt. Ich komme mir vor wie der letzte Trottel.«

»Ich habe dir doch gesagt, dass ich nur mir gehöre. Dass ich nicht bereit bin, mich zu binden.«

»Ja. Dein Herz gehört nicht mir, ich weiß. War ja nur Sex, das zwischen uns. Richtig?«

»Wir wissen beide, was es war.«

»Tun wir das wirklich?« Isa schnaubte wütend. »Ich akzeptiere deine Gefühle, die Tatsache dass dein Herz niemals mir

gehören wird – aber akzeptier du bitte genauso, dass ich mich

sicher nicht auf derartige Konditionen einlassen würde, wenn

ich kein wirkliches Interesse an dir hätte. Wenn du mir nichts

bedeuten würdest. Eine reine Bettgeschichte erspart sich aus

gutem Grund den ganzen anderen Kram wie lange Gespräche,

Ausflüge, etc. Und falls du das zwischen uns nun als

Freundschaft bezeichnen willst – auch eine Freundschaft

braucht Offenheit und Akzeptanz von beiden Seiten, Vertrauen

und Respekt, damit sie funktioniert. Oder? Sag jetzt nicht, dass

ich sogar ein solcher Trottel bin, der nur annimmt, dass du

weißt, wovon ich rede.«

»Nein. Ich weiß sehr gut, was du meinst. Und du hast

unbestreitbar recht.« Kalypso fuhr sich mit der Hand durch

den ohnehin schon vom Sex verstrubbelten Schopf. Es

erinnerte Isa daran, wie sie sich eben noch so nahe waren –

und sich nun gegenüberstanden, als ob das ganze Mittelmeer

zwischen ihnen lag. Fremd geworden, von einem Moment auf

den anderen.

»Wir sind unterschiedliche Typen, natürlich bewerten wir

Situationen unterschiedlich. Ich will dich nicht verletzen, indem ich mich so verhalte, wie ich es tue. Aber ich will mich auch nicht rechtfertigen oder entschuldigen müssen, dafür, wie ich bin. Ich mache die Dinge so wie ich sie mache, aus gutem Grund. Weil es nicht anders geht für mich. Und weil es mir damit gut geht. Das ist meine höchste Priorität. Mein Glück nicht wieder von jemand anderem abhängig machen. Genauso wenig natürlich, meine Befriedigung auf Kosten anderer zu suchen. Deswegen bin ich von Anfang an ehrlich und transparent zu dir gewesen. Ich will dir nicht weh tun – aber ich will auch nicht Rücksicht nehmen müssen. Ich will mein Leben so leben, wie es mir gerade in den Kram passt. Wenn das nicht in deinen Kram passt … « Kalypso zögerte, die Worte auszusprechen. Ganz egal schien es ihr auch nicht zu sein. Aber so kamen sie wohl nicht wirklich weiter.

» … dann müssen wir es lassen. Wolltest du das sagen?«

»Ja. Denn ich kann gerade nicht aus meiner Haut. Ich *kann* es einfach nicht. Und ich will dich nicht verletzen.«

Aber das hatte sie schon. Und das tat sie in diesem Moment. Ohne, dass sie es böse meinte. Ohne, dass eine von beiden

Schuld daran war. Und ohne, dass sie etwas daran ändern konnten.

Isa stand auf und zog sich wortlos an. Verließ das Schlafzimmer, ohne sich noch einmal umzudrehen. Zögerte, blieb vor dem Gemälde stehen, das Hellena für Kalypso gemalt hatte. »Sie gehört noch immer dir«, flüsterte sie leise.

»Nein. Ich habe sie nur nie gehen lassen.« Kalypso war unbemerkt hinter sie getreten.

Isa seufzte. »Aber ich werde dich gehen lassen. Müssen.« Es kostete sie Kraft, sich umzudrehen und der griechischen Göttin noch einmal in die Augen zu sehen. »Du warst ein Erlebnis, Eleni. Du, und alles mit dir. « Isa sprach Kalypsos zweiten Namen leise aus, vorsichtig wie zum ersten Mal, zärtlich wie eine letzte Liebkosung. »Ich werde dich nicht vergessen.«

Jeder hatte Wunden. Und manchmal kam Dreck rein, den man mitgebracht hatte, ohne es zu wissen. Er klebte an den Schuhen, mit denen man durch das Leben ging. Und dann, während man mit offenen Armen dastand, sich verstanden und gesehen glaubte, richtete er plötzlich Schaden an, der nicht wieder gut zu machen war.

Ein Wort zu viel, eine Geste, die an etwas erinnerte. Eine kleine Unachtsamkeit, die dem anderen zu vertraut war, um nicht etwas zu triggern. Eine Unterstellung, weil man gelernt hatte, in jedem Verhalten nach einer Manipulation zu suchen, nach einer Forderung. Nähe und Distanz fochten einen stummen Kampf aus, und immer gewann die Falsche. Was sicher sein sollte, wurde in Frage gestellt. Eine Umarmung aus Wärme fühlte sich beengend an. Die Vergangenheit wurde wachgerüttelt und stellte sich mitten in die Optik. Und irgendwann konnte man nichts mehr richtig machen. Auch wenn man sah, wie falsch das alles gelaufen war.

Kalypso kam auf sie zu. Beugte sich vor und küsste sie kaum wahrnehmbar in den Nacken. »Ich werde dich auch nicht vergessen, Bella. Du hast mir Momente geschenkt, in denen die Welt in Ordnung war. Frieden. Seit langem wieder.« Kalypso seufzte tief. »Ich wäre gerne mehr gewesen für dich. Besser zu dir. Aber es geht nicht.« *Es tut mir leid.* Sie wusste nicht, ob sie es gesagt oder nur gedacht hatte. Aber sie wiederholte es nicht.

Isa nickte, blickte die Griechin noch einmal von oben bis unten an. Versuchte, sich alle Einzelheiten einzuprägen. Vom verwegenen Schopf, den dunkel glühenden Augen, der markanten Nase, den wunderschön geschwungenen Lippen … starken Muskeln, duftende Haut … Sie schluckte einen Kloß hinunter. Es tat weh, auch wenn sie nur wenige Wochen geteilt hatten. Denn sie wusste, dass diese Frau nicht nur von außen schön war. Sie hatte hinter die Deckung geblickt. Aber das Loch, das diese Frau in ihrem Herzen trug, konnte sie nicht stopfen. Sie war nicht das Puzzleteil, das passte. Orpheus sah sich noch immer nach Eurydike um. Und sie war zu sensibel, um nicht irgendwann daran kaputt zu gehen. Sie mochte sie schon jetzt zu sehr.

»Leb wohl.«

»Koritsi mou …« Wie ein leiser Windhauch wehte diese letzte, geflüsterte Liebkosung hinter ihr her, als sie aus der Tür ging. *Mein Mädchen.*

ZWEIUNDZWANZIG

Das war der Stoff, aus dem die Träume waren. Und das war das Ende, von dem tausende Menschen seit Jahrhunderten schrieben und sangen. Dieser Schmerz, für den manch einer ins Wasser gegangen war.

»Die Liebe siegt immer.« Spyros versuchte ein schiefes, aufmunterndes Grinsen und legte seine große Männerhand auf ihre Schulter. »Und für alles andere gibt es die Musik.«

Manchmal war das Ende schon sichtbar, bevor man den Anfang schrieb. Man zögerte, versuchte die Worte langsamer zu schreiben, noch eine Schleife, noch ein Abenteuer, ein Erlebnis zu finden. Dem Kapitel noch etwas mehr Raum zu geben. Doch dann erreichte man den Schlusssatz. Zögerte erneut, schrieb die Zahl des nächsten Kapitels auf das Blatt, hoffte, dass dieser eine Name noch nicht gänzlich verschwinden würde. Dass man ihn vielleicht doch noch in den Titel des Buches schreiben konnte. Aber wenn man ehrlich war, wusste man es schon. Und dann nahm das Schicksal einem doch den Stift aus der Hand. Und man sah zu, unfähig, wie es mit harten, kantigen Buchstaben das Finale setzte.

Und dann wünschte man sich, dass man das Ende doch selber hätte schreiben können. Man würde es milder zeichnen, sanfter anbranden lassen. Vielleicht etwas hinauszögern. Glitzern lassen. Ihm mehr als ein Kapitel widmen.

Aber ganz sicher würde man es nicht so dem Gutdünken des Schicksals überlassen. Das wurde viel zu oft vom Teufel selber geritten.

Nie zögern. Nie darauf warten, dass man etwas nachholen konnte. Sondern immer im jeweiligen Moment alles rausholen, was an Sternenstaub da war. Die Sonne einatmen, sich in die Fluten stürzen, lachen bis die Tränen kamen … lieben, als wäre es das letzte Mal, sich komplett und zu hundert Prozent hineinwerfen in jeden Moment. Unter den Sternen tanzen, die Flasche bis zur Neige austrinken. Jetzt. Jetzt. *Jetzt.* Denn Morgen war ein Vielleicht, kein sicheres Versprechen. Und auch wenn man selber gesund und munter aufwachte – die Erde hatte sich ein Stück weitergedreht. Es war nicht mehr alles an demselben Platz, wie noch am Tag zuvor.

Mar zwinkerte ihr vorsichtig von hinter dem Tresen zu. Kurz erinnerte Isa sich an den kleinen, heimlichen Kuss, den sie beide vor einer gefühlten Ewigkeit getauscht hatten. Auch einer dieser Momente. Sie nickte zurück.

In der Arktis gab es Raupen, die den kurzen Sommer nutzten, um sich voll zu fressen, damit sie sich verpuppen konnten. Aber nicht immer reichte die Zeit aus, der Winter kam früh und oft über Nacht. Hatte die Raupe es nicht geschafft, dann gefror sie und taute erst im nächsten kurzen Sommer wieder auf. Um weiterzufressen. Es konnte mehrere Sommer dauern, bis die Raupe genug gefuttert hatte, um sich verpuppen zu können. Auch dann noch konnte sie von der Kälte überrascht werden, und erst mit Beginn des folgenden Sommers als Schmetterling aus dem Kokon schlüpfen. Und das war zugleich ihr letzter Sommer. Jahrelange Mühe, um einen Sommer zu fliegen. Aber das war es wohl wert.

»When all is said and done ...« Die Liedzeile war plötzlich in ihrem Kopf. Sie summte leise, während eine Träne ihre Wange hinunterlief. So kitschig, so wahr und so final. Und es gab keine Schuld, die eine Entschuldigung nötig machte. *Alles hatte seine Zeit.* Der Beginn, der Sternenflug, der freie Fall. Das Ende. Zeit und Raum für ein neues Lied. Und schon brandete es an.

Spyros hatte zur Gitarre gegriffen. Myriel setzte sich neben ihn. Leise drangen die ersten Akkorde durch die Stille, legten sich über das Rauschen des Meeres wie eine Umarmung. Plötzlich der Klang einer Mandoline. Isa drehte sich um. Hinter ihr stand Stamatis und nickte ihr zu. Isa schloss die Augen und ließ die Musik über sich hinwegwaschen.

„Xipna, mikro mou, ki akouse kapio minore tis avgis ..." *Wach auf, meine Kleine, und höre den Moll-Klang des Sonnenaufganges.*

Spyros Stimme war wie warmer Samt. Sie spürte, wie weitere

warme Tränen ihre Wangen hinunterliefen. Dieses Gefühl von Trauer, in der sich Freude und Schmerz umarmten. Der Geruch von Sonne auf der Haut, der heute schon nicht mehr als eine Erinnerung war. *Bittersüß*. So viele Momente, die man nicht festhalten konnte. Loslassen, und zusehen, wie sie in den Himmel stiegen und verblassten. Kleine Laternen, die zu Sternen in der Vergangenheit wurden. Sie hatte schon viele gesammelt, die da oben funkelten. Aber Griechenland hatte sie damit besonders reich beschenkt. Was für ein Sommer. Was für ein Fest. Zeit, das Glas bis zur Neige auszutrinken, nicht wahr?

Und plötzlich erkannte sie es. Das, was sie all die Monate zuvor, vielleicht schon all die Jahre zuvor, gesucht hatte. In diesem Moment wusste sie, dass sie es gefunden hatte. Es lag in dem Klang der Gitarre, im Rauschen des Meeres, im Feuer der Sonne … in der Erinnerung an das Lächeln dieser Frau. In all diesen Dingen lag das Jetzt. In all diesen Dingen spürte sie sich selber. Und sie wusste nun, dass wahre Liebe nichts mit einer Beziehung zu tun hatte. Nichts damit, den Menschen zu behalten oder zu verlieren. Nichts mit Vergangenheit oder

Zukunft. Sondern einzig damit, dass man sich in dem Moment den man hatte, in der Gegenwart, im Herzen berührt hatte.
Der Stein der Weisen war geborgen. Er war kühl und warm, leicht und schwer zugleich. Voller Lachen und voller Tränen.
Die Sonne ging auf oder unter, und in beiden Fällen leuchtete das Meer in schönstem Blau.

***

„Auch den Tantalos sah ich, mit schweren Qualen belastet.
Mitten im Teiche stand er, den Kinn von der Welle bespület,
Lechzte hinab vor Durst, und konnte zum Trinken nicht kommen.
Denn so oft sich der Greis hinbückte, die Zunge zu kühlen;
Schwand das versiegende Wasser hinweg, und rings um die Füße
Zeigte sich schwarzer Sand, getrocknet vom feindlichen Dämon.
Fruchtbare Bäume neigten um seine Scheitel die Zweige,

Voll balsamischer Birnen, Granaten und grüner Oliven,
Oder voll süßer Feigen und rötlich gesprenkelter Äpfel.
Aber sobald sich der Greis aufreckte, der Früchte zu pflücken;
Wirbelte plötzlich der Sturm sie empor zu den schattigen
Wolken.“

Kalypso schloss mit einem Kopfschütteln das alte
ledergebundene Buch. Warum sie sich noch immer selber so
bestrafte – sie konnte es nicht sagen. Sie war die Überlebende,
sie sollte jeden Tag feiern, als wäre es der Letzte. Und sie
versuchte es. Aber was war das für eine Feier, wenn man dann
jeden verdammten Morgen danach erwachte, mit
schmerzendem Kopf und leeren Händen. Allein. Jedes Mal
alleine, weil man dieses eine Bild nicht übermalen wollte. Aus
Angst, es zu verlieren. Aus Angst, die Erinnerung einer neuen
Zukunft zu weihen.

Und dabei hatte *sie* es gewollt. Hatte ihr dieses Versprechen
abgenommen. *Bleib nicht alleine. Vergeude dein Leben nicht mit
Trauer. Leb es für mich mit, jeden Tag. Mach mich stolz.*

Und sie war dieses Mal nahe dran gewesen. Sie wusste, wann sie einen ehrlichen Menschen vor sich hatte. Isabel war eine dieser seltenen Perlen gewesen. Aber sie hatte Fehler gesucht, bis sie sie gefunden hatte. Jeder Mensch hatte welche, und wenn man nur hartnäckig genug danach Ausschau hielt, fand man sie alle. Und nahm dem anderen jede Chance, etwas richtig zu machen.

»Es tut mir leid, Bella.« Sie würde es ihr nicht persönlich mehr sagen können, aber es tat trotzdem gut, diese Worte in den Orbit zu schicken. Und sie meinte es aus ganzem Herzen ehrlich. Isabel konnte nichts dafür, im Gegenteil. Sie war es wert, gefunden und geschätzt zu werden. Jeder war das – aber nicht jeder konnte es zulassen.

Sei kein Narr, Eleni. Schenk dein großes Herz weiter. Ich werde es nicht mehr brauchen. Verschwende es nicht an etwas, das nicht länger wirklich ist. Du verlierst mich nicht, auch wenn du weiter gehst.

Das Bild an der Wand fing ihren Blick ein. Orpheus, der sich umdrehte. Orpheus, der sie selber war. Und der seine Geliebte für immer verloren hatte. Vielleicht war es an der Zeit, sich nicht länger umzudrehen.

Kalypso schloss kurz die Augen. Sah dieses Lächeln. Spürte, wie es langsam auch auf ihre eigenen Lippen glitt.

»Irgendwann, Hellena. Irgendwann schaffe ich es.«

***

τελειώνω ένα βιβλίο

DANKSAGUNG

„Stets halte Ithaka im Sinn. Dort anzukommen ist dir vorbestimmt. Jedoch beeile deine Reise nicht. Besser ist, sie dauere viele Jahre; und alt geworden lege auf der Insel an, nun reich an dem, was du auf deiner Fahrt gewannst, und ohne zu erwarten, dass Ithaka dir Reichtum gäbe. Ithaka gab dir die schöne Reise. Du wärest ohne es nicht auf die Fahrt gegangen. Nun hat es dir nicht mehr zu geben. Auch wenn es sich dir ärmlich zeigt, Ithaka betrog dich nicht. So weise, wie du wurdest, und in solchem Maß erfahren, wirst du ohnedies verstanden haben, was die Ithakas bedeuten." Konstantinos Kavafis

✻✻✻

Zante

Dieses Buch ist für alle, die Fußstapfen in meinem Leben hinterlassen haben. Geht weiter, einen guten Weg – und dreht euch erst um, wenn ihr die Unterwelt verlassen habt.

❀❀❀

Michi und Pavlos — danke für eine unvergessliche Woche unter der Sonne Griechenlands. Ich hoffe, die Wellen spülen mich wieder einmal an euren Strand.

❀❀❀

Du hast viel von Griechenland geschwärmt. Du hattest Recht.

※ ※ ※

K.M. — Danke für das prof!essionelle Lektorat, sogar inklusive Rotstift. Mit Staubwedel meine Patzer verwischt. Das werden die Leser dir sehr danken. Und ich tu es auch.

※ ※ ※

Danke an alle, die mich lesen.

※ ※ ※

Chris Peregrin lebt unter ihrem bürgerlichen Namen im deutschsprachigen Raum. In ihrem Brotberuf, sofern damit viel Brot zu verdienen ist, verdingt sie sich als Schauspielerin.

Neben dem Schreiben liebt sie es zu lesen, zu kochen, zu sporteln und sich die Welt anzusehen. Und sie freut sich über Post und Feedback unter:

peregrin.chris@gmail.com

- oder auch einem Besuch auf Facebook: Chris Peregrin Autorin

If - just for one moment

  you could see yourself through my eyes

  and feel what I feel for you in your heart

  you would understand

  what my words tried in vain

  to let you know

Your smile made me believe

  that magic was just an inch away

  and in your arms

  laid a promise of the world at our feet

  if we could just take each others hand

  and jump off the plane of not's and maybe's

  and erase the past from our bones

It - is sometimes just a word

  a wish whispered to the wind

  a hope in vain

  crushed by everything

  we did not find in each other

I opened Pandoras box

with a smile

just for you

and in the middle of a swarm

of fireflies from hell

and drowning in the waters

of never will be

I still do not regret a single thing

Zante